Evangelion Anima
綾波レイ
No.カトル
レイの並列培養体
綾波レイ
No.サンク
レイの並列培養体
ロット
綾波レイ
No.シス
レイの並列培養体
0·0エヴァパイロット
相田ケンスケ
ネルフJPN情報部
／聖遺物捜索班見習い
高等学校2年生
JN217189
た僕らは——
鈴原トウジ
どういうわけかネルフJPNパイロット連絡員
碇シンジ
初号機パイロット
どういうわけか委員長
LOW PRIORITY
LOW PRIORITY
惣流・アスカ・ラングレー
弐号機パイロット
綾波レイNo.トロワ
三人のレイ／カトル、サンク、シスを集中管制する彼女らの意識主体。
F型零号機パイロット
洞木ヒカリ
元委員長、しかして現副委員長
LOW PRIORITY
LOW PRIORITY
LOW PRIORITY
LOW PRIORITY
LOW PRIORITY
EVANGELION ANIMA

エヴァF型初号機
AT誘起素材技術の実験機。フィールドで飛行する目標には届かなかったが、形に似合わない跳躍性能と堅固なフィールドウェハース装甲をもつ。
固定兵装
空間位相差雷撃器インパクトボルト

ネルフ本部戦より三年
そのとき光の祭壇に供えられた人類補完計画のキーは、
シンジではなくアスカと弐号機だった

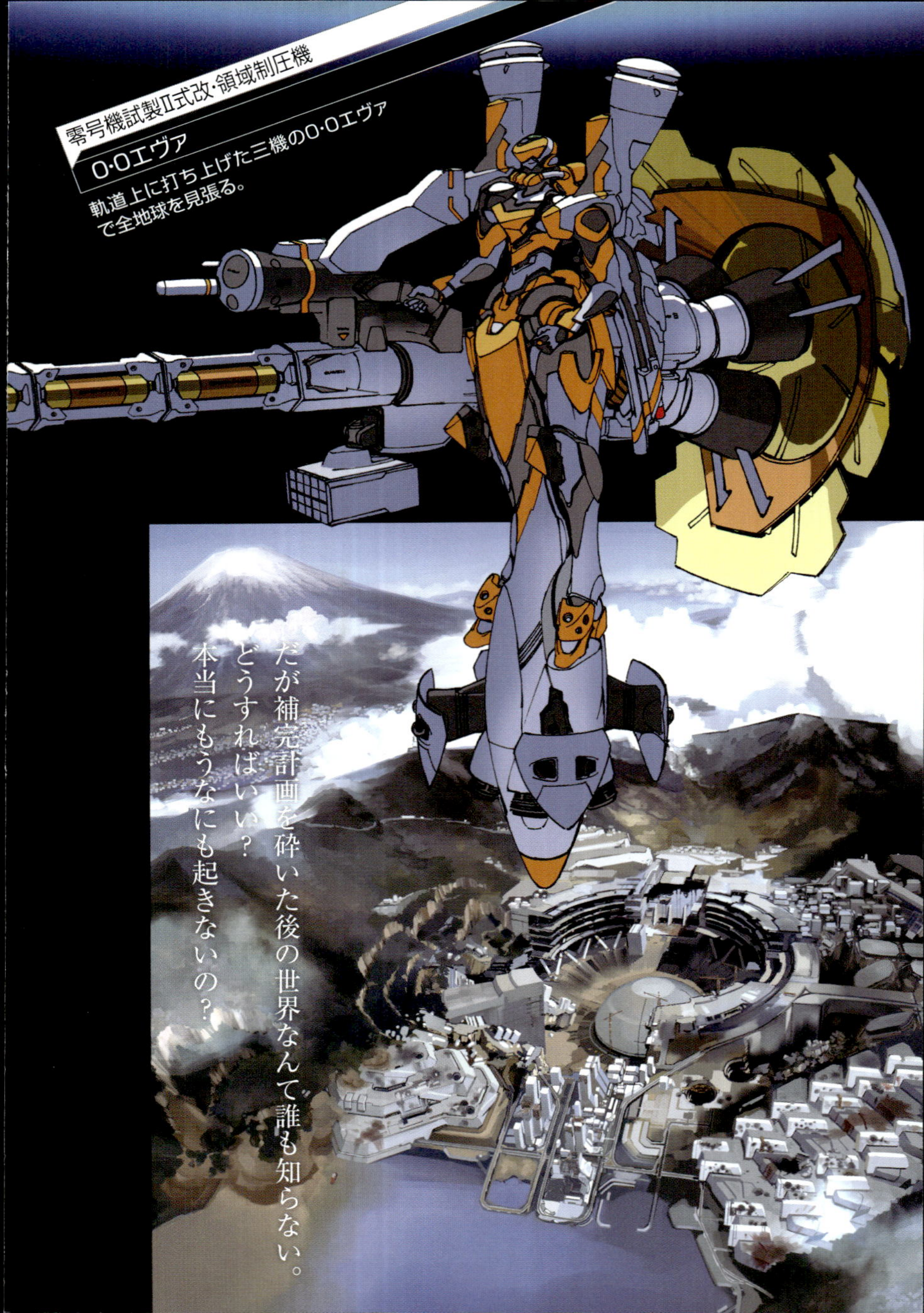
零号機試製Ⅱ式改·領域制圧機
0·0エヴァ
軌道上に打ち上げた三機の0·0エヴァで全地球を見張る。
だが補完計画を砕いた後の世界なんて誰も知らない。
どうすればいい？
本当にもうなにも起きないの？

復興していく世界の中で
平和に弛緩していく世界の中で何かに目を凝らす。
言葉でならわかっている。それは「不安」
再建された箱根から
握った刃を放せないままおびえて鎧うカルデラの底から

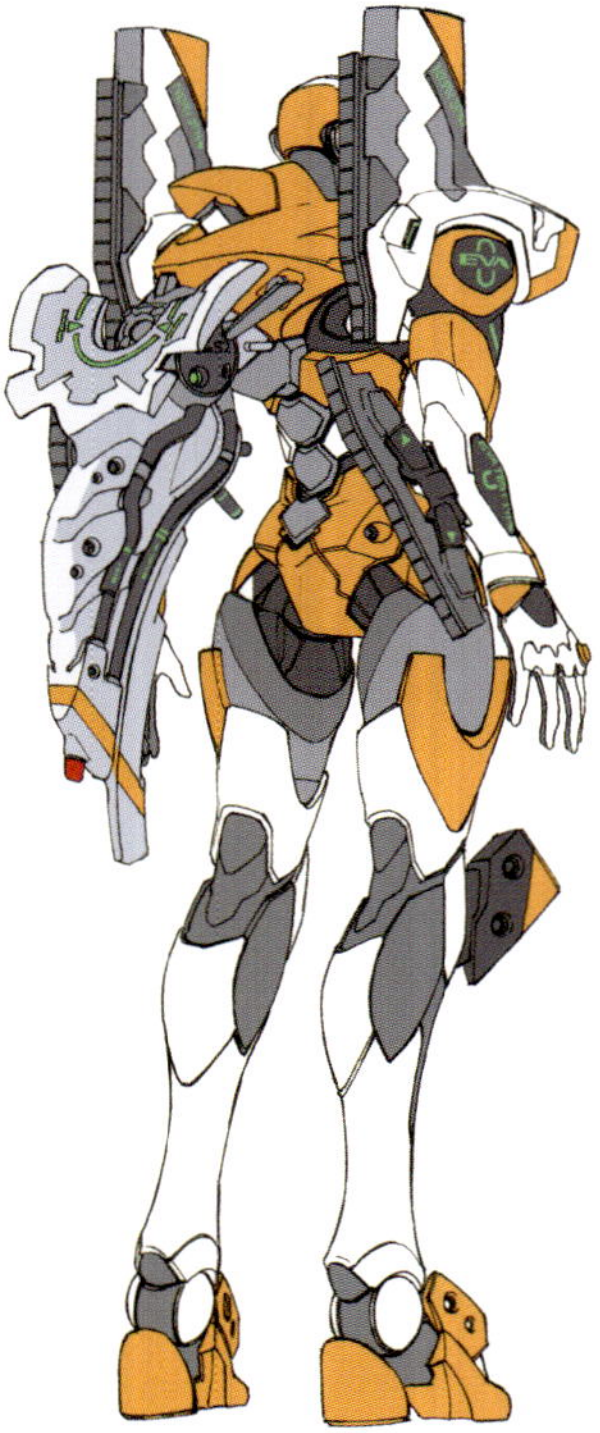

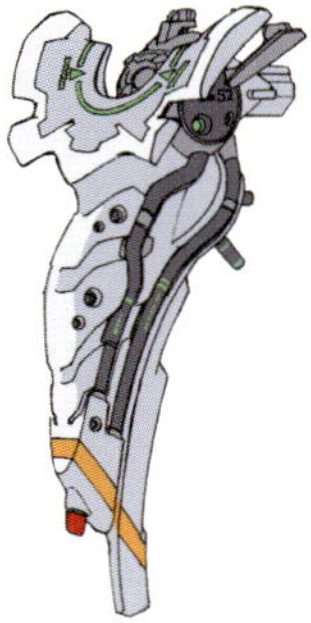

外装型S²機関

軌道上を飛び続ける0·0エヴァの背中には三機の量産型エヴァから脊椎ごと摘出したS²機関が背部に外装されており、ほぼ無制限の作戦行動時間をもつ。

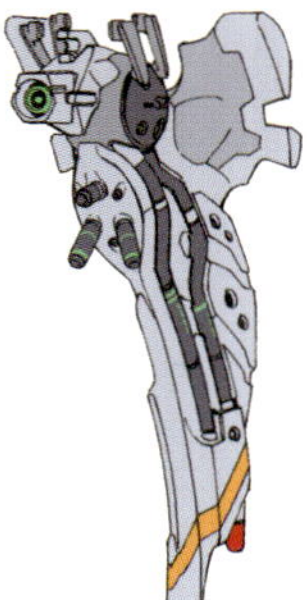

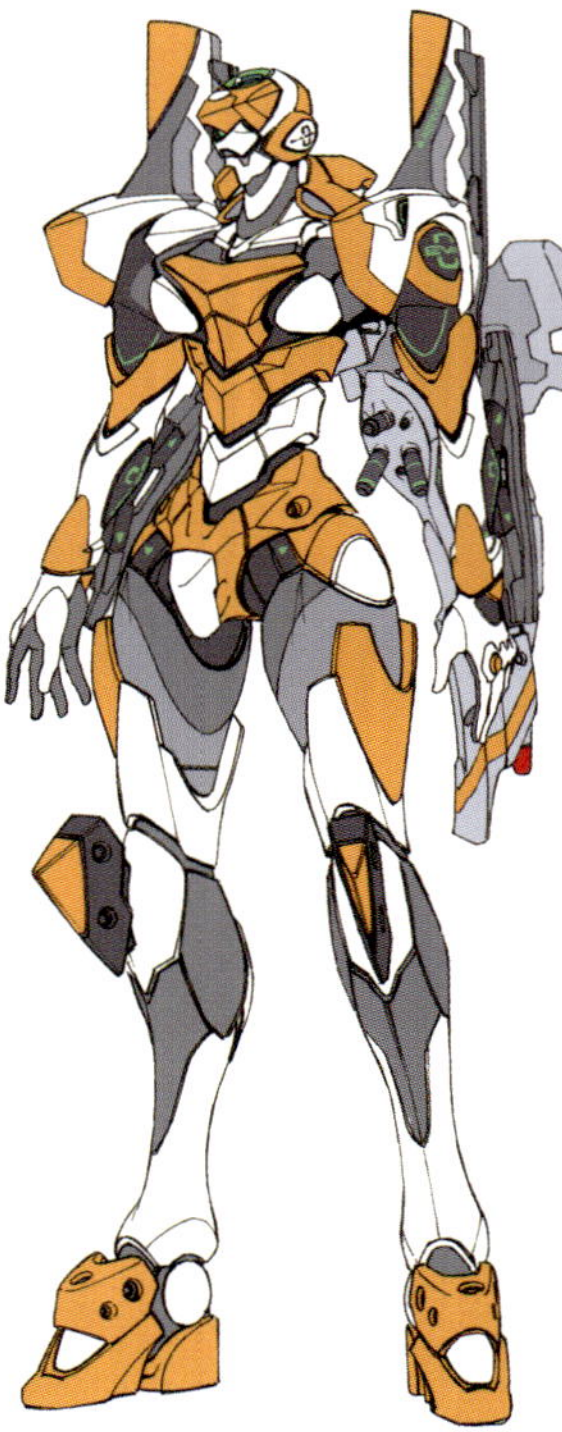

エンジェルキャリヤーI型

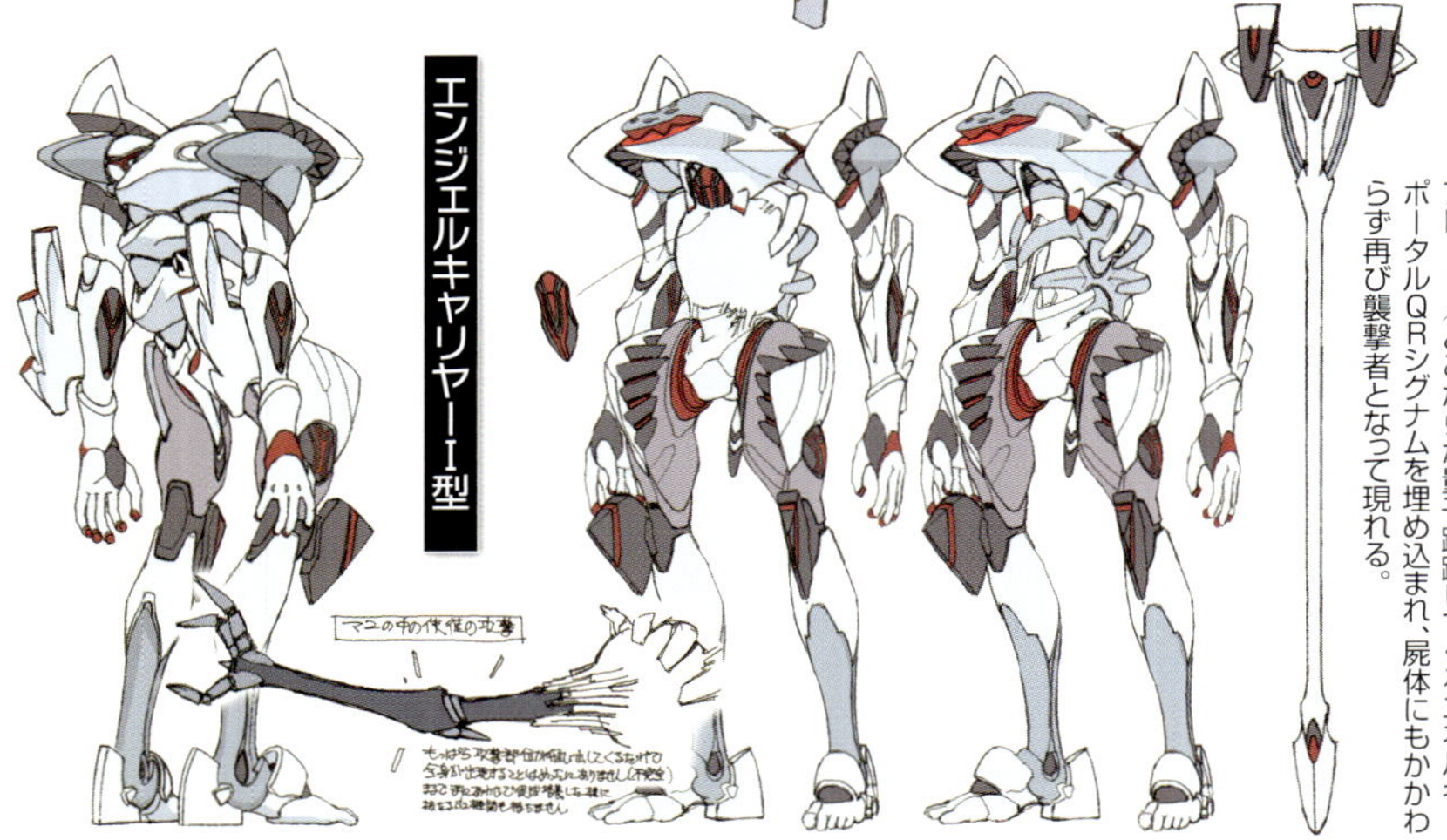

行方不明になった五機のエヴァ量産型の屍体は黒いプレート／どこからか量子跳躍してくるエネルギーポータルQRシグナムを埋め込まれ、屍体にもかかわらず再び襲撃者となって現れる。

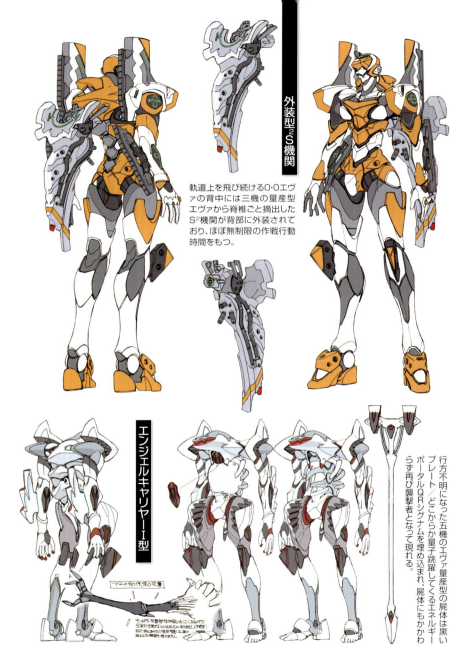

初号機ジョイントボディ

予期せずスーパーエヴァになってしまったことで、初号機にも換装されるはずだったこの統合型拘束装甲計画は流れてしまう。

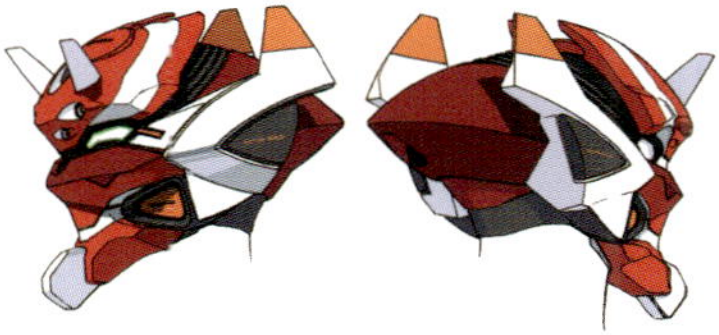

外部組織からお仕着せマイクロ波レクテナを背負うエヴァ弐号機

大損傷した頭部装甲とボディは統合型拘束装甲に換装されているが、送電を外部に頼る旧式のエヴァはF型零号機と弐号機だけになってしまった。だがパイロットと共に成長してきたこの機体はネルフJPNにおいて最も練度と信頼性が高い。

エンジェルキャリヤーII型

幼生使徒のマユを腹部に抱く屍体というスタイルは変わっていないが、パワー源である黒いプレートQRシグナムを二基装備しておりI型よりパワーが格段に上がっている。

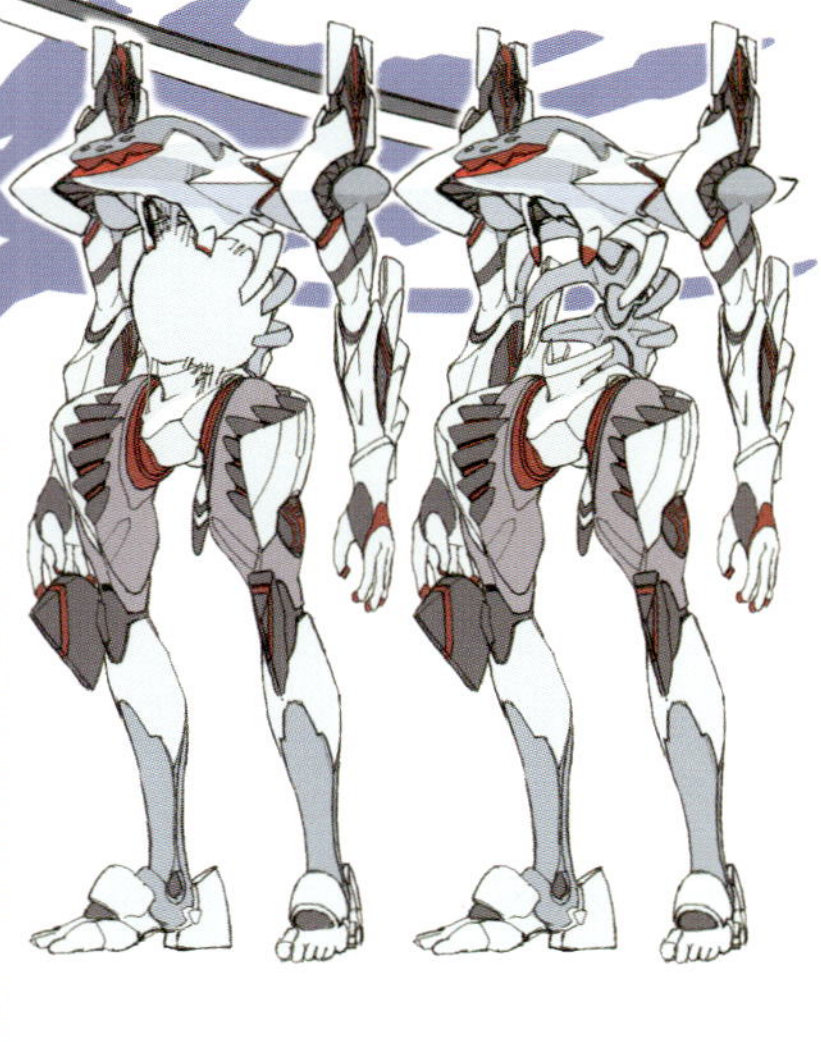

心臓をもつエヴァ、スーパーエヴァ誕生

シンジが覚醒するとスーパーエヴァのバイザーは開かれる

エヴァンゲリオンANIMA 1

山下いくと

CONTENTS

色々な番狂わせがあった。

ヒトの集合世界の終焉となるはずの局面、ジオフロントは空に向かって口をあけ、そのとき量産型エヴァの輪舞の中心に居たのはエヴァ初号機ではなく弐号機。

人類補完計画の最後の儀式がアスカの弐号機を中心に発現しようとするとき、ネルフ本部施設に押し寄せた勢力を辛くも撃退したエヴァ初号機が生命の祭儀に割って入る。

ロンギヌスの槍に刺し貫かれたエヴァ弐号機を頂点に空中に描かれた生命の樹は崩れ、シンジは結果、人類補完計画の成立をを壊してしまう。

そこからＡＮＩＭＡは始まる。


初号機は水でもすくい上げたような仕草で手をかかげる。ミサトが下から見上げると、その巨人は抜けるような青空に両手を祈るように差し上げていた。

「何を持ってるの？　シンジ君」

彼女の問いに気付いたシンジは外部スピーカーで答えた。

『加持さんの畑です——スイカの…』

天井が落とされたこのジオフロントの底。ネルフ本部戦時、戦自による爆撃と量産型エヴァの群れの羽ばたきが、風のなかった地底空間を吹き飛ばし踏み荒らした。

この畑が潰れなかったのは奇跡だ。

ただし崩落時に粉々になった装甲天井や建材のダストが降り積もり、辺り一面灰色で、そこが畑と思い出せたのは、引いてあった散水用の水道蛇口が壊れ、水が高く吹き上がっていたから——そのたまたまだ。

シンジがダストを払いのけると、スイカのツルや葉はまだ生きていた。

その後、主人が出かけたままの畑を面倒見ていたのだが、

『このあたり、もう埋めちゃうって言うじゃないですか』

「正確には、埋めるわけじゃないけど」ミサトはジオフロントの中心、ネルフ本部ビル一帯をすでに覆い隠すように建造中の巨大なコンクリートの封印ドームを指す。

「あれが出来たら、このあたりも天井大地で覆うから、もう集光施設もないし、陽は当たらないわね。上には新しい本部施設が建って、ここは閉鎖区画になるわ」

『でしょ、だから地上に移します』

「リョウジは、なんて?」

『好きにしてくれ、だそうです』

加持はそのあとに——何しろ君が選択して作った世界だ——そう続けたが、シンジはそこまでを語らなかった。

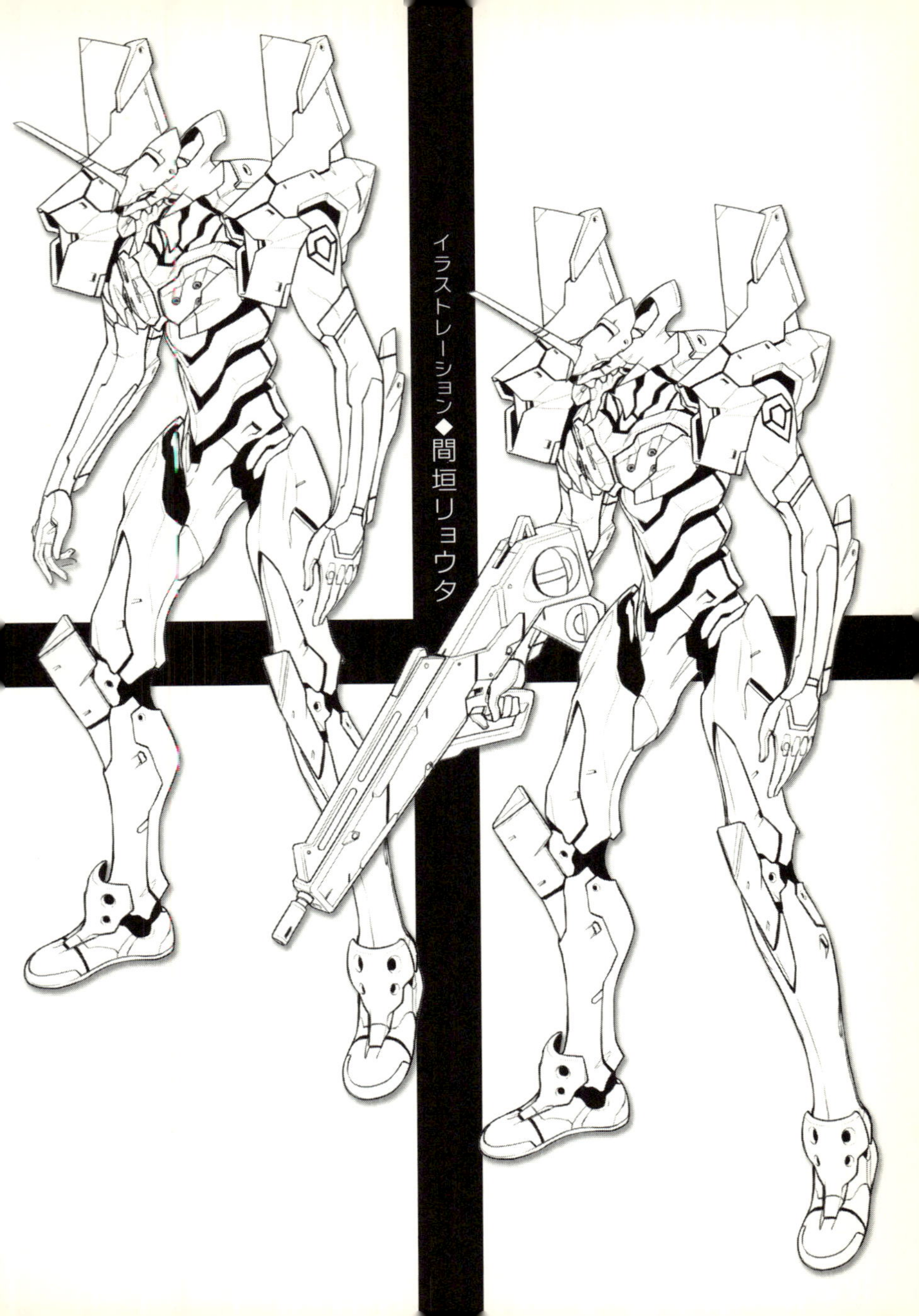
イラストレーション◆間垣リョウタ

＃1帰還者たち

■生命圏監視者

昼側なら三百六十度望めるその地平線は、振り返って見るまでもなく、前方視野の中に閉じた曲線として収まっている。

青く丸い地球を頭上に見上げ0・0エヴァが軌道を回る。

外部電源から解放されたこのS^2機関外装式の宇宙環境型零号機は合計三機。同じ軌道を百二十度の角度を空けて飛び、三機が作る三角配置に地球を入れている。

搭乗するのはレイを培養していた人工子宮から引き上げた彼女の並列クローン達。

ナンバリングされた彼女らはレイ№カトル、レイ№サンク、レイ№シス。それぞれが各0・0エヴァのコクピット／エントリープラグの中で薄目を空けたまま眠っている。

――時間が止まっているように静謐な世界。

プラグ内を満たす液体／ＬＣＬは、彼女達に呼吸酸素を運ぶために緩やかに流れ、このアクアリウムの中で眠る繊細な人形のような少女の髪を揺らしている。体を包む白いプラグスーツの胸部は彼女らの呼吸に合わせ樹脂製の人工筋膜によりゆっくりと緊張と弛緩を繰り返して負荷の大きい液体呼吸をアシストしていた。

循環ポンプの小さな音。

遠くで静態停止寸前まで出力を絞ったS^2機関がわずかに唸っている。

これらと彼女らは監視迎撃システム。

その彼女達がまどろんでいる、なら今は平和。とりあえずそう言うことだ。


かつてネルフ本部を襲ったゼーレの量産型エヴァ九機の群れ。

その屍骸の大半は移動中もしくは移動先で行方をくらませ、これが補完計画不履行後の世界にとって安全保障上最大の懸念となった。

量産型エヴァのうち襲撃現場、すなわちネルフ本部で即時解体されていた三体からは、パワー源と言うべきS^2機関が摘出されていて、その後建造された新規エヴァ、ゼロGゼロ気圧型零号機系三機に外装された。

この0・0エヴァ三機が軌道を巡るのは、消えた残りの量産型を発見殲滅するため。

行方不明の量産型の屍骸を探すために、同じ量産型の屍骸のパワープラントで動く0・0エヴァはどこか皮肉めいているが、とにかくもこれにより送電ケーブルから解き放たれ、こんな長期の遠隔単独作戦も可能になった。
指令を受け取れば十秒ほどでレイ達は目を覚ます。約三〇秒で0・0エヴァはアイドリングから戦闘出力まで覚醒し、九〇秒で右手に握るエヴァ最大の長尺火器ガンマ線レーザー砲が、見渡す限りの地表、地下五百mまでをフルパワーで狙撃できる。

0・0エヴァは三機が軌道にあることで地球上の死角を事実上なくし、あらゆる通信に耳を澄ませ目をこらしている。

全地球使徒探査殲滅ネットワーク。葛城ミサト率いる新生ネルフ、ネルフJPNがその構築に全精力を傾けた探査迎撃システムだ。

世界各国からすれば、エヴァは地上兵器だから容認できた／圧倒的な能力があっても小さな島国で運用する分にはその行動範囲は限られるからだ。それが低軌道を飛ぶ、制空権の明け渡しにも等しい。主権の侵害と言われても仕方がなく、ネルフJPN総指令葛城ミサトは、事実上エヴァの武力を背景にした恫喝じみた方法で権力を拡大行使し防備計画を押し通す。

量産型エヴァの復活阻止、防御構想の書面冒頭には繰り返しそれが明記された。しかし逆に言えば彼らに出来うる具体的予測はそれしかなかったのだ。

——補完計画は確かにくじいた——

だがその後どうなる？　それがどんな結果を招くのかを誰も示せなかった。
碇ゲンドウ前総司令や赤木リツコ博士らはここにはいない。計画の中心近くにいた者達はことごとく本部戦時に姿をくらませており、冬月は多くを語らず職を辞してしまった。いや、彼らが居ても予想は立つまい。ここは計画の外なのだ。
使徒の出てこない世界が日々平和に弛緩していくその中で、警戒を維持するには武断的手段に出る事もやむを得ず、総司令葛城ミサト以下、ネルフＪＰＮの～エヴァに関わる人々は、自分達が世界の鼻つまみ者の色を日々濃くしている自覚はあったし、自分達の心配が杞憂に過ぎなければ、それが一番いいと思っていた。

三年、ネルフ本部戦からここに至るまで、彼らと世界は三年を要していた。

０・０エヴァは太陽側に傘を向け、逆さになって地球を仰ぐ。増感された頭部センサーと両肩の受信アレイで青い空をなめながら、その集積情報をネルフＪＰＮ本部に送りつつ、半分眠るレイ達を体内に抱いて軌道を飛ぶ。

綾波レイの肉体はＤＮＡから複製できても、綾波レイという存在は唯一、一人。

それがこの世界の理のようで、三年前も使徒アルミサエル戦で〝二人目〟が死亡するまで、今の〝三人目〟のレイは覚醒しなかった。

だが人工子宮内の魂なきレイ達は、活動中の第三の綾波、魂を持つただ一人のレイに、脳活動や行動などで奇妙な連動や同時性を見せた。この現象から、魂持ちのレイが彼女らをコントロールする精神ミラーリンクが編み出された。

現在の綾波である第三のレイは、№３《トロワ》と新たにナンバリングされ、基幹／プライマリーとなって、三人の次席／セカンダリーの魂なき綾波達№４《カトル》№５《サンク》№６《シス》を手足と感覚思考の一部としてコントロールする。

これは技術と言うより訓練の成果で、現段階ではジャミングの手段がないこと。それに伝達がゼロ時間で緊急時の即応性が高い事が特徴にあげられる。

ただし、一つの魂で常に四人を覚醒し続けることは難しい、だから軌道上の三人は浅く眠り続けているのだ。

地上の綾波レイ№トロワが意識を移すイメージで、軌道上の三人のレイは覚醒する。

少し前、０・０エヴァはステージ２の新型拘束装甲に換装するために一機ごと種子島宇宙センターに降ろされ、再び打ち上げられた。

その時も宇宙常駐のレイ達はレイ№トロワが意識を移すまでは、いつも半分眠っている、それが彼女達の見た目だ。

三人は感じたものをそれぞれ脳に刻むとともに感覚を共有する。

1+3、だが魂は一つ、そういうシステムのはずだ。


――新たなチルドレンを作らない――


これはネルフJPNだけでなく、綾波本人の意思でもある。

綾波を含め、エヴァに選ばれた十四才のチルドレン達は全員今年で十七才になった。

■スーパーエヴァンゲリオン

「あんたたち、着替えてきたら?」

アスカのその言葉に、高校から戻って制服姿のままのシンジとトウジは〝なんで?〟と言う顔で振り返る。

「いや、このハナシの流れで離れるのはちょっと…」

初号機も、弐号機、0・0号機に続いて新型装甲に転換する、そーゆー話だったはずだが。

「せや、スーパーはないやろスーパーは! 決まってまうで――って、なに笑とんねん!」

見ればアスカは制服からとっとと着替えたノースリーブのあらわな肩を震わせて、

「ぷっぷくく…スーパー…スーパーエヴァンゲリオン? タンタターン♪」

彼女のよく通る声で有名なドとソのフレーズが静かな発令所に響き、ミドルデッキ、アンダーデッキの通常シフトのオペレーター数人が振り仰いだ――クスクス笑う声も…。

「イイわミサト、すごく馬鹿っぽくてイイ！　それで行きましょ、初号機だけ♪」

会話の一同は発令所トップデッキにいて、総司令席に座るミサトは〝いい名前なのになんで？〟と心底意外そうな表情。シンジとトウジにはそれが寒かった。

「そんなにヘン？　マイナーチェンジとか、バージョンアップからの兵器改名じゃよくあるわよ？　従来名称のアタマにスーパー」

「変じゃナイない！　サイッコオ♪」

「黙っとけイ！　胸以外にも栄養回せや」

「ハ！　あんたこそなくした手足の方に脳みそ入ってたンじゃないの!?」

アスカは長い片腕を腰に当てると、トウジが突き出した指に触れんばかりに豊かすぎる乳房を納めたタンクトップを突き出し――

トウジは慌てて指を引いた。アスカは鼻をフンと鳴らす。

「ずるいぞ、オマエ！」

「あーんもお汗くさい、シャワー浴びて、ついでに頭も冷やせば？」

金髪の少女は意地悪く笑う。

少年達が本部内のジムで体を動かす。

嫌でも行動に自覚を持たねばならなくなった。

シンジは——なにしろ補完計画を不成立にしたのも、加持の畑を地上に移したのもシンジ。三年前に彼が「その後」を決定してしまった今の世界なのだ。

トウジはサイバネティクスの腕と足の同期とサイズ補正を確認する。

彼のかつての身体損傷。臓器は培養臓器と入れ替えられたが、手足の再生医療は見送られた。促成培養を終えた彼の腕と足が繋がれようとした時、除去したはずの感染型使徒バルディエルがどこからともなく現れ、発症の兆候を覗かせたのだ。

その場の使徒発現は手足を接合しないことで回避された。

エヴァのカタチ、人のカタチに感応する性質らしいその使徒が、また体のどこかで活動を始める危険性をついには排除できず、彼は機械の手足を持つ身となった。

チルドレンナンバーとしては抹消されたが、その後厳しい監視が付くくらいならと積極的にネルフに顔を出し、そこそこ高度機密接触のパスも得て、パイロット間の連絡員のような仕事をしていた。何しろこの手足の維持には金も掛かる。

「シンジは戦自の巨大ロボ見たか?」

「御殿場に来たヤツだよね、ジェットアローンの半分くらいの背丈で戦車みたいにガッチリしてる」

「ＪＡよりパワーは出るいうよるわ。オマケに飛ぶんやさかい」

それは戦略自衛隊の大型脅威個体対処戦専従機動兵器で、名を〝あかしま〟と言う。

古い言い方で台風を意味する単語らしい。

N^2リアクターを動力に持つこの機械仕掛けの巨人は、そもそもなんのための人型存在なのか解らないエヴァとは出自が違う。

コンセプトは明快。地形を選ばない脚部と強力な二本の腕は、武器の把持《はじ》旋回。場合によっては暴れる脅威の押さえ込みを想定し、ボディと四肢は体を支えるだけでなく格闘時の不意な応力に耐え、全身を装甲で鎧い、さらに姿勢とユニット配置の入れ替えで飛行でき、作戦時の展開機動力を高くしている。

すごいのは、それらすべてを支援なし単体で出来ることだ。

「いいよね、飛べるの」

「高こうは飛べん、グランドエフェクトや」

「でも高速巡航出来るってことだろ？」

「嬉しそうに言うなや、エヴァ支援用の対使徒戦術機動兵器やそうやけど」

誰が聞くわけもないが、トウジは声をひそめ——

「本当はエヴァ駆逐兵器やないんかてハナシ」

シンジはピンとこない顔。

「エヴァの運用はお金掛かるから、好かれてはいないと思うけど…あ、だからここの近くに配備されたの？」

「ネルフ本部戦の時の戦自の介入、あれに懲りて、ミサトさん頑張って第三新東京と芦ノ湖を囲む箱根山カルデラ内を事実上国連の租借地と日本国政府に認めさせた。いわゆる治外法権の特区や、それも外の連中には気に食わんやろ、出来りゃ取り戻したいってな」

「まあ――そりゃそうか…で、外輪山の外からうかがってる…と？」

　現在ネルフＪＰＮは、Ｆ型初号機、Ｆ型零号機、弐号機、それ以外に軌道上に常駐する三機の宇宙型０・０エヴァ、計六機のエヴァを保有する人類最強の暴力集団といえる。うちＦ型零号機と弐号機の二機を除いた四機はS^2機関を持つ。初号機はゼルエル戦で使徒のものを暴走時みずから捕食し、０・０エヴァはネルフ本部戦直後、量産型エヴァの死体から引き剥がしたものを外装し、これらはほぼ無制限の作戦時間を有する。

「んで、初号機はスーパーエヴァにバージョンアップと」

「大丈夫だよトウジ〝スーパー〟は生まれない。この新規拘束装甲ステージ２への転換計画は、たぶん流れる。あれは初号機には向いてないよ」

「せやな、アレは惣流と綾波が弐号機と零号機で時間かけて育てたボディや、腰がキュウ〜ッとクビレとって、その…」

ハンドジェスチャーでエヴァのボディの変化を表したトウジの手がそこで止まる。

「……」

「……」

それがとりもなおさず、アスカと綾波の女性的成長を反映してると気付いたからだ。

「えーと…」

エヴァは、自らの体躯構造を作り変える。

基本無機物で構成されているエヴァは、見かけ生物のように時々の都合で振る舞う。

高シンクロ状態での破損時の急激な自己再生がわかりやすいが、夜のケージ内でもメリメリ音を立ててゆっくり変化している。整備する側としては厄介この上ない巨人だが、現在科学部技術部兼任の主任である伊吹マヤは、これがエヴァの成長だろうという。

三年前の本部戦以降その成長が一時的に顕著になった。それぞれのエヴァの中の〝存在〟があまり表に出てこなくなると、パイロットの自我が、乗り込むエヴァの身体特徴に現れ始め、中でも一番それが強く発現したのはアスカの弐号機だった。

アスカはこの三年、何かと引き合いに出される胸の成長だけでなく、肩、腕、腰、足、すべての作りがすらりとしなやかに遠ざかりつつある。

「どこのモデルだろう」

ブロンドをなびかせ、腰を軸に颯爽と風を切って歩く彼女を誰もが振り返る。

アスカを成長させたのは、ただ三年の月日だけでなく彼女の自信。かつてのナンバーワン自論は、裏を返せば自信のなさの表れだ。相変わらず口は悪いが、他人に厳しい彼女は自分に一番厳しい。

〝任務でも普段の生活でも手を抜かない〟

自信に繋がるのだから、ストレスと思っていたものから充実を得ていた。

その彼女の成長と自信が、エヴァの基本素体ボディに変化をもたらす。弐号機素体に合わなくなっている旧来の拘束装甲は外され、形状に合わせて新たな拘束装甲が作られた、それがステージ２装甲。

新拘束装甲でスペックの向上が判明すると、綾波の零号機も、本部のF型零号機を除き、軌道上に駐留する三機の０・０エヴァは順次種子島でステージ２への転換を終えて再び軌道上に戻されている。

綾波もアスカほど極端ではないが健康に身体成長していたからで、零号機にもパイロットの成長に比した新装甲が与えられたのだ。

だがここでともすれば重要な事柄が見逃される。エヴァの形状を決定するのはパイロットの自我意識、恐らくどんな体型の新型装甲でも零号機のボディは収まった――三年経った今でも綾波の自我形成は遅れたままだったのだ。

「時に」とトウジ「シンジは何で綾波避けとるンや？」

「えっ？」

　突然振られてシンジは戸惑った。

　ここで言う綾波は、いま地上にいて、本部戦以前から一緒のレイ、No.トロワのことだ。

　あの戦いの後、彼女がシンジの母親のクローンであることが明かされ、うすうす気付いていた者達を追認する形になった。

　皆ショックだったが、同時に納得もできた。

　数日悩んだシンジも、綾波は綾波であると本人に言ってのけたはずなのだが…。

「…別に避けてやしないよ、会えば挨拶だってしてるし…そう！　仕事の話も」

「そおかァ？」

　そうではない状況が最近トウジには観察できていたのだが、あるいはシンジのことだ、自分でもよくわかっていないのかも…。

「…そうだよ」

「──さよか」

「せや、新型装甲いうなら…リツコさん放りっぱなしのゴツイのが旧地下階層にあるやろ」

「アレたぶん見た目より重いよ、スペック高いけどF型並みの重量あるんじゃないかな、オマケに色々足りないトコだらけ…」

あれっ？　となってからシンジ、トウジを睨む。

「ちょっと待てよ、トウジのパスだと、あそこは入れないだろ！」

ぷいっとトウジ視線を逸らし「アレがダメならこのステージ2やなあ」

「いけるんじゃない？　シンジ細いんだし、昔は私のプラグスーツ着れたじゃない」

「出たワ…」

現れたアスカは会話に割ってはいるとシンジのシャツを背後からまくり上げ、

――ナマイキ！　思ったより広くなってる背中にムッとした、なにげに筋肉まで付いてる。

「いつの話だよ…って、ナニ怒ってンのさ…？」

「うるさい！」

アスカはプイと横を向く。

「惣流、綾波はどしたんや」

「今日は放課後、生徒会だって言ってたじゃない」

■堕天

不意に軌道上の静かな調和が崩れた。

レイNo.カトルの瞼がぴくりと動く。長いまつげの下に薄く見えていた瞳が開かれて、その目を通して地上のレイNo.トロワは眼下に広がる青い星を見た。

「なに……？」

地上を見下ろす0・0エヴァは地表を一〇×一〇センチ以上の精度で撮影、データを地上に送るとともに五m×五m以上のすべての動態反応はその場でふるいにかけ、交通機関から港湾施設、建機に建造物移動、大型海洋ほ乳類などをフィルタで除去、それらを除いた「何か」の動きに目を凝らしている。

――現在注意すべき要素はない――

だがカトルは数字にならない何かを感じた――ような気がした。

レイの思考は複数の「自分」を巡る。

「……物理的情報はない、エラーと判断すべきか」

《サンクはエラー判断を保留》

《シスはエラー判断を追認》

《トロワはエラー判断を保留》

《カトル、状況を再精査、環境データを含め――

第三新東京私立高校の白い夏制服に、ひとまわり成長した体を包んだそのレイは№トロワ。すらりと伸びた白い足で帰路のリズムを静かに刻んでいたが、この淡い妖精のような少女は突然びくりと立ち止まり、

――パタン――鞄を落とした。

暮れつつある西日がまだ暑いＬＲＴ停留所で、彼女…綾波レイ№トロワは自分の両肩をギュッと握りしめると、目の前に滑り込んできたネルフ本部方面行きのＬＲＴが再び閉めるドアを見送って立ち尽くしていた。

普段伏せがちなまぶたを見開き、「…なに…？」

気付けば玉の汗が白い肌を伝う。

制服の胸が大きく上下し、彼女にしては珍しく息を荒げて出た言葉は――

「助けて！」

綾波らしからぬ大声で叫んでいた。

——何か真っ黒なものが自分の中に流れ込んできた。

四肢をもがれるような感覚のあと出し抜けにそれは消えて——

ハッとした。「他の私の声がしない…」


突然彼女はひとりぼっちになった。

気付けば彼女はうずくまっていて、停留所へやってくる同じ制服の学生たちが、彼女の叫びを聞いて何事かと駆け寄って来た。


発令所内に警報が響く。

ネルフＪＰＮ本部は大騒ぎになっていた。この二年間、問題なく軌道を周回していた０・０エヴァ三機のうち一機、カトル機が規定の軌道を割って高度を落とし始めたのだ。

「テレメトリーが正常に送信されてきません！　カトル機のステータス不明！」

カフェテリアに出ていた責任者が戻る。「総司令入室されます」

「作業そのまま！」

振り向きかけるオペレーターを制してネルフＪＰＮ総司令葛城ミサトは、発令所トップデッキに歩み進むと、階下ミドルデッキの日向マコトに通る声で問う。

「レイカトルは？」

「呼びかけに応えません！　バイタル不明」

「レイトロワはまだ学校!?　彼女の側から呼び出してみて！」

それに同じミドルデッキの青葉が飛び込んできた情報で応えた。

「警備部からです、その綾波レイトロワを下校中緊急保護したと、心神喪失状態らしく…」

「なんてこと！」状態を知るすべてのチャンネルが途絶えた。

「レイサンクとレイシスが混乱しています、バイタルも不安定、鎮静剤投与を進言」

「任せます、彼女たちのエヴァの観測機材からカトル機は見える？」

0・0エヴァ、サンク機とシス機の位置からは丸い地球の輪郭、青黒い大気層のすぐ上にカトル機が居た座標が望めるはずだ。

明るい地球にデジタルマスクが掛かるとキラキラかすかに光る何かが現れた。

「破片が散らばって…、——スペクトルからAIはカトル機のものと…」

『こちらケージ、シンジです！　0・0エヴァが、綾波の誰かが撃墜されたって…！』

確かに散らばる破片がそう見える。

「待って、事故かもしれない、まだ解らないの」

「屋外カメラを！　タワー全天観測A1」

　観測班から連絡が入り、オペレーターが、メインディスプレイに画像を回す。

「0・0エヴァのFSBフレアが……！」

　夕暮れの空にそれは見ることが出来た。西の空から現れた十字架状の光はFSB／フィールドステッピングブースター、^{2}N核パルスのブラストをATフィールドでベクター制御したきらめきで、エヴァの巨体を軌道に持ち上げるパワーを有す乱暴な推進器の光。

　増速して落ちた軌道を再び上げようというのか？

「いや、逆だ！　東に向かって噴射してる！　減速してる！」

　軌道周回方向と正反対だった。

　十字の光は西の空から、ここ箱根の空の天頂に速度を緩めて至ると、空のど真ん中に停止するように達したところでいきなり消えた。

「0・0エヴァFSB停止！　軌道速度を失いました！　当本部直上、鉛直方向で相対速度ゼロ」

「つまり？」

「地球自転に合わせただけの急角度の放物線、つまりは見かけ上、真っ直ぐ頭の上からここに落ちてきてるってコトです！」

「燃え尽きる可能性は」

「ＡＴフィールドを失っていたとしても大気上層では燃えません、すでに減速を終えていて、軌道速度で大気に触れるわけではないので――大気の濃い成層圏以下まで突っ込んでから、広範に地下深度まで及ぶ衝撃波被害が出る恐れが……！」

これは損傷による機能不全？　それともレイカトルは故意に？――いや今は……、

ミサトは決断する。

「軌道滑落事故と認定！　第三新東京全市及び近隣都市の行政機関に緊急通達！　地下シェルターへの避難を！　落下衝撃に備えさせて！　――レイカトルの応答は!?」

「呼びかけ続けてますが応答ナシ！」

――なんにせよ、ここへ落ちてくるなら――

「シンジ君、アスカ、エントリースタート！　エヴァ初号機、弐号機、発動！」

巨人を支えるすべての部署が開く。最後のワンコマンドで待ち構えていたシンジとアスカは自分のエヴァを即座に立ち上げる。

「初号機は落下地点で0・0エヴァをATフィールドで受け止めて！　いつかの使徒みたいにね」

確かに、かつて受け止めたサハクィエルに比べたら0・0エヴァの巨体も質量は遥かに小さい。何より初号機はS^2機関を得た分、発生させるATフィールドも格段に強くなってるし、そのための集中トレーニングもこの三年欠かさなかった、だが……。

『初号機シンジ、了解！』

――不安なのは久しぶりの緊急実働だからか？――

「アスカの弐号機は、少し角度を変えましょう、駒ヶ岳射撃ポストへ上がって」

駒ヶ岳は箱根山カルデラの中心、箱根山系の複数ある頂きの一つだ。

過去の戦闘でカルデラの中で一番標高が高かった神山の山頂が崩落、最高峰に順位が繰り上がった駒ヶ岳射撃ポストは、第三新東京を擁するカルデラ全域をおよそ見渡せる要の対空陣地で狙撃ポイントでもある。

芦ノ湖の東側、ネルフ本部からは南南東に約四㎞半に位置し、地上を行けば複雑な箱根の山を越えていくことになるが、地下にエヴァの高速搬送路があり、山頂までは傾斜リフトで一気に登れ、外部電源を必要とする弐号機でも緊急展開が可能な位置だ。

『弐号機アスカ了解』

三年ぶりの警報が市街地に鳴り響く中、本部発令所では青葉が外線を取って振り返る。

「松代の戦自が協力を打診してきました、十勝の防空一一Rサイト観測のカトル機の三回像も添付です」

「逆さに読むと〝ざまあみろ〟なんでしょ？」とミサト。

「だったらまだマシです。今回の騒動、マッチポンプと思われるかも」

実際そう非難されるだろう。使徒も量産型エヴァも現れず、とうとうネルフＪＰＮはみずからアクシデントを演出したと――

「武官の作戦視察までは受け入れると伝えて、落下点のここに来る度胸があるならね。戦自の部隊が国境を――カルデラを越えないように注意して」

電離層Ｄ層の高度で０・０エヴァはボッと白い煙に包まれた、流れ星が燃えて光る高度だ。空気の抵抗に負けて花びらのように飛び散ったのは、ガンマ線レーザー砲の基部、内側が観測レシーバーの日傘パネルか…？

第三新東京新市街の地上施設が、衝撃波被爆に備えて地下に沈んでいく。

「受けきればこの備えで耐えられる、受けられなかったら地下までえぐる被害がでる」

『初号機、落下予測点修正、旧大涌谷方面！』

「初号機、了解！」

ネルフＪＰＮ本部の中心、地表に出た初号機は地響きを立てて東にダッシュした。

重量級の鎧のようなＦ型は、膝のニーストライカーの影にジャンプ補助ジェットがある。それも使って飛び越えていくのは、地上施設がいくつも回る多重環状レール。

現在のネルフ本部は地上に顔を出した円形で、かつて量産型エヴァの群れが襲来時にぶち抜いたジオフロント区画の天井を綺麗に整形し塞いだ姿。中心には縦坑の穴が開いているが、そこからかつての地下のネルフ本部は見えない。

そこから見下ろせるのは、穴の縁からマイナス三百ｍに位置する巨大な白いドーム屋根の頂点の一部だ。その通称〝石棺〟がかつての地下世界を遮蔽している。このＨＴＣ／ハードテクタイトコンクリート（強粘結合ガラス状コンクリ）の下、何重もの積層装甲を挟んでさらにＨＴＣ、それらが旧本部施設を厳重に封印している。

『コントロールポストから初号機、シンジ君、エヴァの目で落下してくる０・０エヴァを視認できるか』

Ｆ型初号機は制動をかけ空を振り仰ぐ。夕空高く光のシミ、０・０エヴァの片側だけに太陽が当たって――遠すぎてズームイメージがブレて…ええいまっすぐ立て！

「――かすかに…！　意識集中してみます」

エヴァのパワーシールド、ATフィールドは個人の壁であるがゆえに基本的には自分のまわりにしか張れない。体から離れた位置にも生成可能だが、自由自在どこでもというわけではないし、距離が離れるほど難しい。

「ATFフォーカス――」

だが、ヒトの壁という特性を考えれば、ある程度の応用は利く。初号機は両手を天に突き上げる。遥かなその場所に自分がいるイメージ、意識が集中できる依り代があればベストだ。その場にいて0・0エヴァを受け止める感覚。

距離はかなりあるが、直接視認できる方向なのはラッキーだ。ヒトはまず見て確認する動物であり、見えねば壁一枚向こうですら意識集中は難しい。

「…フォーカス――3、2、1、マーク!」

ネルフ本部施設の軌道監視テレスコープは、落下してくる0・0エヴァが――宙に発生した輪郭のぼやけた小さくかすかなATフィールドに衝突――苦もなく突き破るのを捉え、発令所のディスプレイに映し出した。

「初号機、遠隔フィールド第一波生成」

「2%も速度を奪えなかった、まだ遠い！」
「カトル機E層突破！」
「シンジ君、一度にあなたが集中できるのはいいとこ三回、対流圏に入るまでに少しでも速度を殺してちょうだい」

そうしないと広範囲に衝撃波の被害が出るということだ。――いわれなくても……！

『弐号機、駒ヶ岳射撃ポスト現着！　当機もATF遠隔生成に入る』
「じゃあアスカの合図に合わせるよ」とシンジ。

だが、譲ったつもりが立て板に水。

『はあ？　他人のタイミングに呼吸合わせるなんてシャレたマネ、あんたに出来るわけナイでしょ！そっちがカウントなさい！』

弐号機は未だにケーブルを引っ張る旧来のエヴァで、パワーや行動範囲、作戦時間ともにS^2機関搭載型には及ばない。

だがアスカの弐号機は練度が高く繊細な作業を正確にこなせる。

本部戦時の頭部損傷で目の数が少なくなって、現在は初号機に似た双眸のマスクに変わっているが、その目はぶれることなく0・0エヴァをズームし捕らえていた。

「でもやっぱり目は四つ欲しいな」

弐号機も両腕を天へ突き上げる。

「さあもう一度よ、スーパーシンジ」

『それは勘弁――』

ポッと0・0エヴァのまわりに波紋が出来た。

――まずい…

発令所の日向の声が状況を告げる。

『成層圏に入るぞ！』


――ふーっ…。シンジは息を深く吐くと、再度F型初号機の目で白く煙る0・0エヴァをにらみ据えた。

「フォーカス――フォーカス…」

シンジに合わせアスカも宙空に力を結ぶ。

「あそこに届くんじゃない、あそこに居て立ちはだかる…！」

――余計な力は抜く、ゆっくり呼吸しその合図を待つ。

「マーク！」生成したフィールドはまだぼやけていたが、エヴァ二機で二層のフィールドが張られる。

望遠画像は、瞬間的に大きな力が掛かってバランスを崩した０・０エヴァを捕らえた。

「コントロールからエヴァ両機へ、いいぞ、かなりの落下エネルギーを奪えた！　もう一度減速してやれば…」

日向は一定の成果に満足したが、０・０エヴァの大きく姿勢が回り——

「!?　…立て直したぞ!?」

彼の声に今は都市管制に回っている青葉もディスプレイを見上げる。

「ただ自由落下してるんじゃない、制御降下してるのか!?」

「予定落下地点がずれた！　南方向、距離二〇〇〇、芦ノ湖中央！」

すかさずミサト、

「アスカの方が近い！」

『まーかせてッ♪』

「初号機走って！」

間髪入れずF型初号機は、猛然とダッシュし新落下予想地点と、この場所の間を隔てる台ヶ岳裾野の樹海に躍り込んだ。

おかしなもので、どれだけエヴァやパイロットが弱っている時でも、ほぼ確実にATフィールドを張れる場所がある。それは着地する地面だ。でなければ、たとえ整地された場所であっても百ｍを超える巨体が埋まることなく歩めるはずもない。

これは何とも都合の良い話に聞こえるが、かつてのネルフ首脳陣はこれを深刻に受け取っていた事が、残された資料から現行スタッフは知る。

――ヒトの形の限界――

ヒトは地面から離れる事は出来ない、地を這い回ってまみれてのみ存在が許される――

これは業であり、その証明だというのだ。

〝？　それ当たり前のことじゃないの？〟当時言ってのけたのはアスカだったか――

一気圧の大気を切ってＦ型初号機が駆ける。


――間に合え！

芦ノ湖東岸。直接山が湖に落ち込む形のかつての地形は、数々の使徒戦で何度も樹木は焼かれなぎ倒され、何度も禿げ山となり、地形も大規模に崩落してかつての急峻複雑な山系ではなく、樹木も若い低木ばかり。それらを飛び越え――

最後の着地の後に大ジャンプ――初号機はＦ型特有の衝角から後方へ伸びる鋭角のラインに乗せて雲を何本も引きながら、低音と高音が不協する風切り音を響かせ芦ノ湖に浮かぶフロートデッキに飛ぶ。

鎧のようなＦ型は元はＡＦＣエクスペリメント。フィールド制御実験機で、ＡＴフィールドを人為的に偏向し、防御以外に飛ぶことすら目論まれた。結局そこまでは及ばなかったが、重い拘束具は単なる重装甲でなくフィールド誘起プレートの塊なのだ。フィールドアシストされたジャンプは遠大で、重装な機体が軽くスマートな通常装備より遥かに距離を跳ぶのは、奇妙な錯覚感を伴う。

中空ウェハース構造のフロートデッキはＦ型初号機が着地の瞬間、大きな太鼓のような音を立て、こだまが山間に跳ね返る。

続く耳障りな金属音を湖面に響かせて、Ｆ型初号機は横滑りに制動をかける。デッキを定点に係留していた碇綱――大型船舶用の重いアンカーチェーン数本がちぎれて水柱とともに湖面を跳ねた。

仰いだ０・０エヴァは、夕空に見る航空機のように残照を反射し明るく光って――

「――今！」ハイドロフォンからアスカの声、ちょうど弐号機が生成したフィールドが空に開いて、０・０エヴァがそれを突き破る――

「綾波、来い！　受け止める！」

応答のなかった相手がぽつりと答えた。

『——それは嘘、』

綾波の声とともに、シンジがATフィールドを再び遠隔発生させるよりも早く、相手が強固なATフィールドを生成した、壁のように。

「えっ？」シンジは思わず聞き返す。


聞こえたのはガリガリと欠ける音声、だがその綾波の意思はクリアに響いて——

その声に周囲の音が消えたように感じた。


アスカは不快な直感を得た。

それを弐号機は吸い上げて——アスカの入力を待たずに急なマニューバで飛び退く。

直後、鼻先を焼かれるような感覚の瞬間、いま立っていた場所がまばゆく——

「0・0エヴァ発砲！」

言った自分にアスカは叫んだ。「——なんで!?」


大音響とともに弾けた。

箱根山駒ヶ岳射撃ポストは本来、束ねる綾波No.トロワのエヴァF型零号機のための～片腕片足を特殊火砲ATフィールドシンカーに改造し、機動力が半減したエヴァのための施設で、爆撃や使徒の高侵徹攻撃にも数回は耐えられる頑強な設計だ。

だがその数々の多重装甲板が溶けたバターのように液状に飛び散る！

「きゃアッ！」

第三新東京市から見て南方の山の頂上に紫色の光線が降った。

突然の大きな爆発。発令所のある本部建屋は多重装甲の上に制震構造を持つが、それでも下から突き上げる振動が響いて、

「射撃ポスト被弾！」騒然となった。

「０・０エヴァのガンマ線レーザー砲…！」

「今の振動…！　地下何層まで徹った!?」

「弐号機!?　アスカ？　ダメージは!?」

ミサトはモニターを見たが、

「着弾被爆による電磁障害発生！　ＥＭＰシャットダウン！　外部に繋がる通信、モニタ、すべてが再起動」

このほんの一時的外部断絶は、この場合無限と同義語だった。ナノセカンドで進行する作戦、あと数

十秒で終わるこのときに発令所は耳と目を塞がれたのだ。

初号機からは、吹き飛んだ山頂は東。

驚いてシンジが叫ぶ。

「カトル!?——アスカ!」

オレンジの警告サブディスプレイがいくつか開いて、作戦通信の相互データリンクとセンサーのいくつかが耐EMPモードで一時的にシャットダウンされたと告げる。

ガンマ線レーザーと着弾のプラズマ雲は全帯域で酷い電波障害を引き起こし、発令所CPとの連絡もテレメトリーも弐号機との交信も途絶えた。レーザー回線も瞬間目を閉じたようで互いの位置をロストした、真上から来るその声以外は——

『…その気もないくせに言葉だけ優しくしないで…』

0・0エヴァはすでに直上だった。対流圏に飛び込むと、ドッと破壊的な波を際立たせ広げ——

「なにを…」

綾波が?——カトルが攻撃してきた!?

「なにやってるんだよ…!」

つぶやくようなシンジにＬＣＬ越し電波障害で歪み、欠けた声が響く。

『彼女を選んで補完計画を壊した…』


シンジは混乱する。

彼はまだ受け止めようとしていた。

正確な判断ではなかった。混乱は事態に対する回避行動より、事態が起こるまで重要だったタスクの継続を選択し――シンジは判断することから反射的に逃げた――

「だって綾波だろ!?」

ガンマ線レーザー砲の再チャージ前に…

――ズバン！、
Ｆ型初号機は境界面が鮮やかなＡＴフィールドを生成すると、落ちてくる０・０エヴァ／カトル機に向かってフィールドを押し出した。

「嘘なんか言わない！　ちゃんと受け止めるから！　綾波ッ！」


――ドドンッ！

天から降ってきた波動がＦ型初号機を叩き、

「グッ」よろめいた。それは大音響となって数十km四方を叩いた。

だがこれはいわば余波。最初に0・0エヴァを空中減速させた際、発生していた衝撃波は止まらずにそのままの速度で大気中を減衰しながら広がり続け、先に地表に到達したのだ。本番は間もなく降ってくる。

初号機は後ずさったが——何とか踏みとどまるシンジに綾波の声は告げる。

『月日を経て変わっていく私、綾波レイを碇クン、あなたは疎ましく感じて遠ざけている…私は——日に日にあなたの母親に近付いていくから…』

「!」——そうか——反射的にそうシンジは思った。


この三年間、こなす仕事に、ミサトも周囲も信頼を寄せてくれるようになった。

その分責任は増えたがやり甲斐も感じる。

アスカとも上手く連携できているし、仲良くもなれた——と思う。

どこか映画の撮影の様な、作られた環境の学校生活も自分から動けば楽しかった。

だが日ごとに増していく危うい感覚もあった。自分の深層にあって自身がはっきりさせられずにいた

意識を、その人物本人につまびらかにされ、

——そうか——

が、すぐさま否定した。「…そんなことない！」

否定しないではいられなかった、自分自身にも。顔から火が出そうだ——

『あなたが母親と違う綾波レイと認識できたのは身体調整十四才の、三年前の私まで——』

「黙って…！」心中がヒトの言葉で裸にされていく悪寒——

『いっそあなたの母親になると答えれば、私の存在は認められるの？』

「黙れ!!」

何が起こってる——　何でこんなことになってる！

0・0エヴァの落下もレイNo.カトルの言葉も！

すべてに向かってシンジは念じた。

それは追い詰められた一心——全部止まれッ！——

すべてが直前にあった。

０・０エヴァ／カトル機のフィールドとＦ型初号機のフィールドが宙で上下から衝突。どちらも譲らず、それは二次元面で起こる大爆発のように天で弾けた――だが次の瞬間、初号機はシンジの意図とは関係なく、だがその意思を呑み込んで具現化する。

自分を中心にした全周囲のフィールドを発生させ、それを一瞬で数十倍の大きさにまで押し広げた。

綾波№カトルの０・０エヴァを含めた一帯が飲み込まれ、実験でシリンダーのピストンを引くようにフィールド内の空気は突然に急減圧、一瞬真っ白になったかと思うと、フィールドの外側で押しのけられた湖水――縁の高さが千二百ｍを越す、すり鉢状に立ち上がった数百万立方ｍの湖水津波の熱を奪って一瞬で凍り付き――

驚くべき事に０・０エヴァの激突と、殺しきれず広がっていく破壊的な衝撃波コーンの先端は、この氷のパラボラが受け止めた。

それらが飛び込み、膜状の雲が一瞬、天に跳ね返って消える。

――ゴッ！　っと、広がった入道雲のような氷の造形物は一瞬膨れると、大崩落しはじめた。

第三新東京市から見たそれは、背後の山々を遥かに超える氷の器が爆散――と言っても規模が大きいので奇妙にゆっくりだ。砕けることで、都市を叩きのめすはずだった最後の衝撃波のエネルギーを奪った。先端を失って収まりきらずに広がっていくウェーブは、雲を押しのけカルデラの外へと散ってゆく。

芦ノ湖周辺全域の気温が急激に下がりダイヤモンドダストがキラキラと降り注いだ。

「いまのデータを発令所に転送」

技術部科学部兼任主任の伊吹マヤは、本部施設内の彼女のラボで科学部と技術部のスタッフ達と、破壊を免れた湖上フローティングデッキの観測機器が送るデータを遠隔モニターしていた。

「中心温度は千℃近辺から一気にマイナス二百℃以下まで下がっています、あれ断熱冷却ですか?」

「それだけじゃないわ、このサンプル、原子の重心運動に干渉されてる」

「まさか、レーザーピンセット（光学冷却）でやるような原子運動制御ですか?」

「電磁波騒乱が完全に消えてます、それどころが異常にクリア…〝静か〟です」

制服の色の違うスタッフたちが興奮気味に会話を交わす。

「すべての動きを殺したのね」

細い眼鏡を掛けた淡泊な表情のマヤ、潔癖症ではあったが明るい女性だった時の面影は薄い。その雰囲気は、むしろ彼女の信頼と軽蔑を一身に集めた女性、赤木リツコ博士その人に似ている。

「この氷、水分子の結合が妙ね」

「この結合だとかなり頑丈ですよ、比重も…これ…たぶんなかなか溶けませんね」

マヤの疑問に科学部のスタッフが答えた。

エヴァや使徒関連の事柄は一つ謎が解けると新たな疑問が浮上する～その連続で、エンジニアと学者は重なる業務が意外に多く、日常的に連携する。

現在ネルフＪＰＮが保有するエヴァ関連の技術はマヤが彼らのリーダーとなって受け継ぎ支え、開発している。その重圧からか今のマヤは滅多に笑わないが、今日は眉間にしわを寄せてため息をついた。

「初号機は唯一自らS^2機関を取り込んだ機体だけど、それ以降この三年実戦データは少ない。元々謎が多いのだから、未解部分なのか新たに増えた謎なのか――」

■再侵攻

暗くなりつつある空の下、光る空気、もうもうと巻き上がる冷気の雲に巻かれて視界が効かない。衝撃でＦ型初号機は跳ね飛ばされていたが、湖に沈むことはなかった。

張り付いた氷をバリバリと落とし、完全に凍り付いた芦ノ湖の湖上に立ち上がる。

「はーっ、はーっ、はーっ、」

シンジは激しくなった動悸が収まらず、脳内物質が過度に出て吐き気を憶える。

スーツのセンサーがそれを感知し、

――プシュン――

小さな苦痛に、少し眉が動く。

腕に柔らかい樹脂の針が圧力で撃ち込まれ、鎮静剤が血管に直接流し込まれる。


「はーっ…どうなったんだ――いったい」

辺り一面真っ白で低温の世界だった。

――やったの初号機だよな…


カトルは…0・0エヴァはどうなった？

「…だから――黙れって…」

ヒトの言葉を力で封じた気まずさで――

――ああ！　なにやってんだ僕は――


――ドーン！

「！」　轟音で静けさはかき消えた。

崩れ落ちた氷の山々の一角が吹き上がる。

そこから突き出た腕が凍った湖面を叩くと、0・0エヴァの巨体が躍り出る！

――F型初号機に素手で掴みかかってきた。

「綾波！――No.カトル！」

シンジはナンバー呼称で仏数字である名前を呼ぶ。この言い方はミサトが酷く嫌う～人間をナンバー扱いするのは――シンジもそう思っていた、その筈だったが――無意識に彼は数字として分けたのだ、壊れていない別の綾波達と――この綾波は壊れている。

彼女の0・0エヴァは大きく破損、肩のセンサーアレイや大きな主推進器は失い、だが衝撃で変形した、にしては変だった。

――現在のエヴァの形を決定するのはパイロットの――

奇怪に形の崩れた――よじれ変形した0・0エヴァは右手でユニットが損壊したレーザー砲を引きずったまま、左手で初号機を襲う。

その執拗さに思わず訊いた。

「僕を殺したいのか!?　No.カトル」

返事は返った、スピーカーからカトルの声。

『カトルが殺したいんじゃない、〝綾波〟が殺したいの』

シンジの中を、高校の制服姿の綾波。

——物憂げなトロワの姿がよぎる。

「そんなわけ——ないッ！」

『碇クンが望んだ世界が今なら、あるいはあなたを殺せば——』

——どうなるって言うんだ——

初号機はATフィールドごと倒れることで氷の上を器用に転がり背後へ回った。

『だってこの世界はもう終わる……！』

泣き声のようなカトルの一言、

意味が理解できない、だがその一言が不思議な説得力で突き刺さる。

最後のは本当に綾波の言葉か？

「言ってること解らないよ！」

外装式のS^2機関を剝ぎ取ってしまえば内臓電源をすぐ使い果たして0・0エヴァは止まる。それが

シンジの考えだったが、

——なに!?

0・0エヴァの背面、アンビリカルコネクターに接続されていた外装型S^2機関が、今では0・0エヴァ本体と溶け合って、背中の一部そのものと化していた。

――形状融合してるのか？


全壊した駒ヶ岳射撃ポストの瓦礫の中から弐号機がようやく這い出した。

ステータスボードの電源表示が、給電と内蔵電源の表示に切り替わりまた戻る。

「つつッ――どこかで給電不良が…」

まあケーブルが切れなかったコト自体奇跡だけど…。

――何で外真っ白なの!?

スゴイ音と振動が何度もあったけど、相互データリンクが飛んだままで状況が解らない。


ズシン！　と床面が少し下がった。と同時に弐号機の電源が内臓側に切り替わり、タイマーが行動限界時間をせわしなくカウントし始める。

――電力供給ケーブルが断線した、被弾で壊れかけてた足の下のどこか、施設構造がいま崩れたんだ、

――マズイわ、すぐに…

焼かれて崩れそうな施設から脱出を試みた時、真っ白に凍った湖面で戦う０・０エヴァと初号機を見た。さらに――

「えっ」

──その時アスカは悪夢の様な情景を見た。

降りしきる氷が次々と結晶の形で凝結し、濃い雲のような霧が、凍った湖面から煮えた鍋のように沸き立つ芦ノ湖。

組み合う0・0エヴァとF型初号機。

──そのすぐ北側、

戦う二機のエヴァを背にして氷上を第三新東京方面に向かって歩く巨大な影を見たのだ。

どこから来た──霧の合間に見えたのは…

「…ウソ──シンジ…!」

突然のことに視界も聴覚も歪んで、

どこかスローモーションの中をもがくようにシンジの名を呼んだ。

電磁から放射線までの騒乱がウソのように消えて、通信や相互リンクが再起動する。

発令所の音声が飛び込んで──

『使徒迎撃シークェンス適用、都市武装ステージ開いて、ターゲット設定…カトル機!』

ミサトの声が弐号機のLCLに響く。

誰もが0・0エヴァにばかり集中していて──

アスカは叫ぶ、その巨人はいつか見たニタリ顔で――

「シンジ！　量産型が居る！　あんたの後ろ！　ゼーレの量産型エヴァが――」

視界の限り氷が舞って、キラキラ光る空気の錯覚かと思ったが確かに白い巨人は居た。

「――発令所へ緊急！　そっちから見て初号機の方向！　なんで気付かないの!?」

「なんですって!?」ミサトが弾かれたように叫んだ。

第三新東京から見えるはずの湖中央の方向は、崩落を続ける山のような氷とその白い爆煙で視界もセンサーも通らなかったのだ。

駒ヶ岳のカメラを焼かれ、対岸の山伏峠側のカメラでどうにか初号機と0・0エヴァを捕らえていた発令所は、言われて左に振った画面に白い巨人を捉えるとざわめいた。

ワイパーが何度も横切り着氷性の霧をカメラから拭うと、這い上がってくる雲の切れ間、胸まで霧に埋もれて歩く白い頭が――

「現時刻をもって量産型エヴァ殲滅ミッションに移行します！　国連及び政府にフェーズインを通達！　カトル機が邪魔になるようなら手段を選ばず制圧搭座させてよろしい！」

ミサトは間髪入れず脊髄で反応、発令した。

第三新東京全市で発令されていた災害警報が戦闘警報に切り替わる。

——とうとう…だけど——

「軌道上の0・0エヴァ二機は？」

ミサトはラボのマヤとの通話を発令所内のメインディスプレイ端に移した。

「シミュレーション立上げでシンクログラフが両機ともめちゃくちゃです、起動すると三十秒以内の暴走確率96％、トロワはどこです？　彼女の側からコントロールしないと」

それには青葉が答える。

「保護した警備部が十二区の民間シェルターに運び込んで以降の連絡が取れません！」

——虎の子の探査殲滅システムが使えない！

出動しているF型初号機、弐号機のエヴァ二機は救難ミッションで——

「…武装がない…今すぐ——」

そのとき日向が疑問を口に出した。

「どうなってる…カラーパターンが出ない！」

「すぐ兵器の搬送手順を——どういうコトそれ⁉」

「量産機全機のＤＮＡと固有パターンはライブラリにありますが、その三年前のパターンと符合しようにも検出できないんです」

ネルフＪＰＮ全職員は、その量産型、行方不明になったゼーレのエヴァを今日まで探し待ち構えていたはずだったが、これほど唐突で至近での出現を誰も想定していない。

それはまるでどこからともなく冷気の霧の中から湧いて出たように、まわりの状況を意に介さず氷の上を歩いている。


「そんなわけないだろ!?」

量産型エヴァ出現のアスカの叫びにシンジは怒鳴り返していた。

だが復旧したリンクはマップに座標と氷の飛沫で霞む白い巨人の画像を開く。

——ウソだろ？

その位置じゃ僕のわきを抜けて歩いていったようじゃないか——気付かないわけない！

量産型の画像と正面の０・０エヴァを交互に見た。

「クッ！」

——ドンッ！　殴りかかる０・０エヴァの腕をＦ型初号機も腕で弾く。

弾いた拍子に腕が上がって初号機の前面がガラ空きになった。

立ち回りの間、０・０エヴァは左手で初号機を襲い、右手は巨大なレーザー砲を引きずるように握っていたが、その腕は損傷したのか肩からだらりと下がったままだった。

　それが隙を突いて動いた――しかし、

　――ゴゴン！とその腕がガラスの様に砕ける。

「凍っていたのか…」


　砕けた腕を抱えるように下にして０・０エヴァは氷上に倒れた。ドッと氷の粒が舞う。

　フィードバックが返って痛いのだろう――

　倒れたままのたうち、足がガリガリと氷をかく。

『ああ！…――あ、うあ！』

　聞こえてくるのは綾波レイNo.カトルのうめき。

「綾波――カトル…！　もう動かないで！」

　もうたくさんだった。シンジは出現した量産型エヴァへと頭を切り換える――都合よく。

　Ｆ型初号機は後ずさるよう向きを変え、満ちる冷気の雲に紛れた。

『コントロール、武器を送って！　射撃ポストの備え付け火器は全部溶けたわ！』

ハイドロフォンからシンジの耳に聞こえてくるアスカの声がどこか遠い。

『地下送路、桃源台南側でレール破損！』

『ッもう！　崩落してないなら地下搬送路を走って戻る！　桃源台なら出口があるから武器持って出られるわ！　ポジトロンライフルクラスよ！　もう電源がもたない——シンジ！』

怒鳴られてハッとなる。言い訳のようにもどかしく言葉が転がり出る。

「…ッ０・０エヴァは氷上で擱座…したと思う、僕は湖面を走って量産型の前に回り込む、Ｆ型には内装火器がある、制止してみる——」

アスカの弐号機が、動かなくなったリフトの傾斜路へ飛び込んだ。

と同時に、射撃ポスト横、対空陣地の自動火器のうち水平以下に砲が向くものが一斉に動いて量産型エヴァを攻撃し始める。が、低温すぎる環境に特殊鋼は本来の強度が出ず、電導状態が崩れてモーターも上手く回らない。砲座数機が暴発した。

『シンジ君？　桃源台からアスカと一緒に武器を地上に出すわ、そちらに合流して、白いあいつは確かに待ち構えた相手だけど、手順は踏まなきゃミスが出るわよ！』

背後の綾波レイNo.カトルを振り切る様に、氷の世界になった芦ノ湖の湖面、氷霧を抜けて初号機は走ると、三年越しで再び会敵した白い巨人、量産型エヴァを霧の中で追い越した。

――羽根が……ない？　骨がむき出しで……

「量産型視認、杖みたいな武器を持ってます」

　この個体、何か目的があるのだ。歩みを止めない。


　対空陣地の直接射撃に加え、都市武装区画からの誘導兵器も氷の山越しに届き始めた。だが、それらのインパクトパワーが黙々と歩み続ける量産型エヴァに届いていない。

「ATフィールドが邪魔してる！」

　それを見ていたシンジ、F型初号機の両肩前方の衝角装甲を開口。湖面に漂う氷霧を隠れ蓑にして一気に距離を詰めると、内装兵器インパクトボルトを放つ。


　慌てたのは発令所だ。

「迎撃システム射撃中止！　中止！」

「シンジ君、なにやってるの！　ターゲットエリアに飛び込まないで！」

『でも時間を稼がないと都市部に上陸されます！』

「何を泡食ってるの！」

そう言いつつ、ミサトは初号機からの至近距離で見る量産型の映像を凝視し、

――カタチが何だか違うわ…

ミサトはすぐさまラボのマヤを呼び出す。

「見てる？　意見を聞かせて」

『形状が違うなら、三年前と同じ戦術戦力の個体と判断するのは危険です』


発令所メインディスプレイ内の情景が激しく輝く、
発光はF型初号機のインパクトボルト。

現状F型だけが装備する近接戦用内装火器だ。

肩の衝角の前に浮かんだ黒い小さなタマはATフィールドと通常空間の位相が見せる虚像だが、そこからほとばしる電撃は位相電位差が生んだ本物で、何本もの稲妻の鞭のように目標を激しく叩く。――

しかし、

「効いてないわ…ATフィールドか――…再度パターンチェック！」

「出ません！　カラーパターンなし」

「フィールドが出たのに？　あのパワーシールド、ATフィールドじゃないの？」

ラボからマヤが発言する。

『パターンがない…ひょっとしたら、あれはあの形に再生されても死体のままなのかも』

彼女は三年前のネルフ本部戦の時に初号機に倒され、そののち屍が消えた量産型エヴァのことを言っているのだ。

「それじゃやパワーもシールドも説明つかない、肋骨部分が抱えているマユがコアかしら」

『だから、』とマヤは言葉を句切る。

『まったく未知のものが関与してる、抱えているマユが何かすら…』


「検出！　パターン青！」

『わあッ！』

「えっ!?」

日向の声とシンジの叫びに司令席のパネルでマヤと会話していたミサトは顔を上げる。

「！」

メインディスプレイの中、量産型が腹に抱えるマユ、その表面を破って突き出した腕が手槍の様な光る突起を放ち、顔をかばったF型初号機の左腕装甲を貫いていた。

——この腕…！

「ぐッ、使徒サキエルの腕!?」

引き抜きざまに腕の拘束装甲を壊され、フィードバックする苦痛。それでもシンジは量産型のマユから突き出したものを特定した。

最初に見た使徒だ、間違うはずがない。

「なんで使徒がマユの中から……!?」

初号機は後方へ跳ぶと、肩のパイロンを開きプログダガーを装備。

名前とは裏腹にプログナイフより大きく刀身の厚い山刀風バトルナイフ。それが触れる氷の粒を高周波で蒸発させてと煙を上げる。


繰り出すプログダガーの先端がATフィールドに似たパワーシールドに衝突、宙で止められ量産型エヴァに届かない。

腹に使徒が入ったマユを抱える量産型エヴァは黙々と歩み続けている。シールドの合間に届いた攻撃に、反撃してきたのもマユから飛び出したサキエルの腕で、白い巨人そのものからの物理攻撃はない。

『シンジ君、無意味な挑発は避けろ』

「データを蓄積してください、弱点見つけないと!」日向の声にシンジは返す。

——何か手はないか、
インパクトボルトは効かなかった、ナイフも、どちらもシールドで——まてよ——

F型初号機は再び肩の衝角を開いてインパクトボルトの発砲体勢をとった。

開いた左右衝角の前に空間巨像の黒い球を生成――だが電撃を発生させずそのまま量産型のシールドに突っ込んだ。

宙に浮かぶ黒い球は、激しい電位差を発生させる目的で、全身を遮蔽できるATフィールドを一点にまとめて通常空間とのパラレルな位相差をより際立たせた閉鎖空間だ。

それを直接相手にぶつける。

「食い破れッ！」

実際にそうなった。肩からのタックル、その先端に浮かぶ黒い位相空間が相手のシールドを突き破り、F型初号機はそこから肩をこじ入れる。――間髪入れずマユから再びサキエルの腕が飛び出て襲う。だがここまではシンジも読んでいた。

――マユより節が長い腕がどうやって入ってるんだか、反則じゃないかそれ！

開いたサキエルの手から手槍が伸びて初号機の腕を貫いた。シンジは痛みに耐えてそのままサキエルの腕をつかむと、

「でえいィ！」

力任せにマユから引きずり出す——ブチブチとちぎれる手応えに続き、腕とは裏腹にどろどろとした柔らく小さな半分幼虫のようなボディが…。

「こいつ——〝出来かけ〟なのか?」

——瞬間感じる視線、初めて量産機の白い顔がこちらを見た!

マユの母体(?)の量産型エヴァが反応、腕が大きく回ってシンジが杖のようなと評した打撃武器がF型初号機を横殴りにはじき飛ばす。

「がッ——あ!」

何と一撃でF型装備の腕を折られた。初号機の巨体が氷を砕いてバウンド——だが、

——湖面に叩き付けられた初号機の手にはプログダガーがなかった。

それはマユのサキエルの、コアがあるべき場所に、深々と突き立つ。

「どうだ!」

シンジの手応えは確かで、使徒の体がは端からぼろぼろと崩れ始めた。

「やった!」

喚声が上がる発令所だが、それもつかの間、量産型エヴァ本体は止まる気配がない。

初号機を吹き飛ばした量産型エヴァ。その白い巨人はマユの裂け目から崩壊するサキエルをばらまきながら向きを変え、目指していた進路に歩き始めた。

「違うのか!?」あるいはあのマユの出来損ない使徒が、死体である量産型エヴァに力を与え制御しているのかとも思ったのだ。


巨人の行く手をさえぎる氷の壁、初号機瞬間の暴走が生んだ氷の器は大半が衝撃波を受け崩れたが、崩れた氷とその基部が巨大なダムのように谷を埋めて、第三新東京市方面を厚く隠している。

——量産型がそこで止まった所に今の攻撃をもう一度!

それは叶わなかった。量産型エヴァは止まらなかったのだ。真っ直ぐ氷に入っていく、

「!?」

溶かして潜っている——のではないようだ。

何も飛び散らず、何のエフェクトもなく巨体が氷にとけるよう消えていく。

ハッとなってシンジ、

「ここで逃がしたら…!」

初号機を立ち上がらせると——腕を折られた衝撃が響いていたのだろう、右肩の拘束装甲が、ゴッと

弾けて崩れ落ちる。

シンジは構わず損壊した巨体を立たせると量産型エヴァを追う。

残った片側のインパクトボルトを開く電撃を発砲。だが超低温下の異常な電導状態で攻撃の焦点が絞れないまま、電撃で闇雲に氷の表面を叩き砕き、その間に量産型エヴァの背中は氷壁に沈むように吸い込まれてついに消えた。

一歩遅れてその氷にタックルするようぶつかった初号機は、その体積数倍の氷を爆砕したが届かなかった。

すかさずもう一本のプログダガーを高周波の最大発振で突き刺す。刀身が叩き込まれるたび高周波振動が及んだ周囲の氷ごと吹き飛ばしたが求める手応えはない。

「CP！　量産型エヴァをロスト！　何がどうなって……！」

『シンジ君、何とかその氷の壁を越えてちょうだい、手間取った分アスカとの合流が遅れる、右腕の状況は？』

「グッ……折られました——まだやれます」

——くそッ！

初号機の左腕が氷壁を叩いて砕く。何でもない一日だったのに——このあとアスカやミサトさんと食事してそれから——

「くそッ、何が起こってるって言うんだ！」

『碇クンが選択した世界よ』

雲が切れると初号機の背後、亡霊のように０・０エヴァが立っていた。

「カトル!?」

メキメキと音を立てて形を変えている。

全身がこわばるように――暴走？

崩れ落ちたはずのその右腕で持ち上げたガンマ線レーザー砲が――

――違う！　巨砲はあろうことか、崩れた右上腕に直接、形状融合していた。

加速器ガイドが奇怪にねじれたその砲身がこちらを向く、

――何でもない一日のはずだ。

メールをチェック、録画の映画を見て眠る。それで終わるはずの――

初号機は反射機動で体を引いた。

が、動きに追いついた砲口がゴンッと装甲外装に突き当てられた遠い音。

『私を救って、あの時間に戻して』

――核励起ユニットが破損している、撃てるわけが…。

それが生物としてのヒト存在、碇シンジの最期の思考となった。

収束径6センチ400メガ電子ボルトのガンマ線、何ものも貫き通すまばゆい金色の光。

装甲を紙のように貫いて脇腹から入った凶悪な輝きは、コアと一体化しているS^2機関を傷つけエントリープラグを周辺ごと蒸発させると首の後ろから天へと抜けた。

■奈落へ

弐号機は初号機とシンジが壊滅的な状況に陥ったことも知らず地下を駆けていた。

IFFレセプターを電磁障害でやられてポジトロンライフルのFCS同期に少し手間取ったが、次世代パレットライフルのパワードエイトも受け取った。

そのうえ太刀を二振りという出で立ちだ。

間もなく桃源台出口、だが彼女の弐号機は突然立ち止まる。

ケーブルで引っ張られて追いついてきたのは搬送リニアレールから給電するためのターミナル台車、弐号機の停止を自動感知したものの止まりきれず制動から火花を上げ突っ込んできた。その台車をアス力は踏みつけて止める。

「…ミサト——ミサト！　どうなってるの？　地下に量産型エヴァがいる！」

現在の基地の地盤装甲、過去のものと違って装甲の各段それぞれ薄い隙間を空けているが、さらに広い間隔を空けた地下空間階層が数十層ごとにある。いわゆるスペースドアーマーで、侵徹攻撃の力を緩和分散でき、さらにその攻撃が飽和状態で続いた際は各層に潜り込んだ衝撃エネルギーをこの大型空間が受け流す、そのための空きスペースだ。

その空間、斜めに入り組む構造材の間を頭がつかえそうな白い巨人が歩いていた。

座標と映像を転送する、ざわめく発令所の音声、ミサトも虚を突かれたようで、

『——待って…アスカ？　確かなの？　どこから入ったっていうの！』

それはシンジが仕留め損なった量産型の変異体に違いなかった。

破れたマユから崩れつつあるサキエルをぶら下げてゆっくり歩いて行くその方向は、

「…旧本部施設！」

——何をしようって言うの？

『アスカ、よく聞いて、いまからロンギヌスの槍の保管封印を解くわ——取りに向かって』

——ミサトはイヤな予感を感じてる、…私もそう。

戦って倒すのではなく、一撃で確実にケリを付けろってコトね――

私と弐号機で十分、どこかでそう言った自分を彼女は鼻で笑った。

「フン」

『なに？』

「なんでも――弐号機アスカ了解、ミサト、シンジは？」

『湖面の状況が不明なの、地上でまた広範に電磁障害が発生した。カトルがまだ動けて発砲したのね、初号機を現在ロストしてる。いま無人機を飛ばしたからすぐ解るわ』

――何やってるの、スーパーシンジ！


両手を腰に当て、ミサトは発令所を見渡した。

「最初から本丸狙いだったのね」

発令所には各市民シェルターから低温障害への窮状を訴える通信が集中していた。加えて低温超伝導障害による区間送電停止、あちこちで水道インフラの凍結破裂が続出し、場所によっては水害になって、流れ込んだ水が隙間で凍って押し広げ連鎖的な破壊になっている。

だが扉の外はさらに低温だ、呼吸するだけで相当数の死人が出る。

今からこの地下でカタストロフなショーが始まるとしても、カルデラの外にヒトを動かそうものならいったいどうなるか。

「苦情受け付けはしばらく忘れて、弐号機アスカを全部署でバックアップする、いいわね！」

総司令の檄に発令所全員が答えた。


以前、パンドラボックスというベタな名前をミサトが付けようとした時、チルドレンの顔にうんざり色を見た加持の一言「ここにロンギヌスの槍があるって言ってるようなものじゃないか」で、命名が見送られた経緯の地下第六兵器庫。

そこに至る何重ものロックと隔壁扉は発令所側から解除されて開かれ、一つだけ残された最終ロック。

「だからIFFレセプターが不調だってば」

ぼやくアスカの二回目の認証コード打ち込みで外されると真空ポンプの音が停止した。

保護容器の液体窒素からせり上がってきたロンギヌスの槍を弐号機の右手がつかむ。

――ブゥ……ウゥン――

「気持ちワルッ……！」

――絶対零度近いのにイカレてるわ……

この槍は常にかすかに振動している。

三年前のアラエル戦で零号機が投擲し、月に落着したままのオリジナルもそうらしい。

これはそのコピーだというが——

アスカにとっては人類補完計画発動の最終局面、弐号機もろとも彼女を貫いた因縁の槍。

「何の因果か——」

と、つぶやいてからマユを寄せた——インガって何だっけ…？

この槍は量産型一体の把持兵器に偽装してやって来た。コピーだと言うが、そもそもこんなモノをかつてのゼーレはどうやって複製したのか。

エヴァを支える技術体系も異常だが、それもヒトのテクノロジーの積み重ねと推測で読み解いてきた。だがこの槍はそれで何とか出来るようにはまるで見えない。

地下を進む量産型エヴァ変異体の行く手が開けた。

彼にとっては低い天井が高くなり、左右の柱の間隔も広くなっていく。代わりに整然とした打ちっ放しの壁面床面が、雑然とした無残な廃墟空間に変わる。白い巨人が一歩歩くたび灰色のダストが舞った。

ここからは旧ジオフロント。間もなくその大空間に差し掛かる外周部。

損壊しているのはネルフ本部戦の名残り、量産型エヴァが群れになって押し寄せ、地上都市ごと天井をこの地下に落とした。その三年前の残骸が、ここには片付けられることなく、未だに横たわる。

すべては中心部を、かつてのネルフ本部を封印するため捨て置かれた三年前の姿だ。

瓦礫が続く行く手には綺麗な壁がある。

その向こう側は旧本部施設地区だ。

この壁は～天井や構造材で全容は見えないが～旧本部施設地区をぐるりと囲んでおり、上に行くほど曲面収束して、地上に開いた穴からは〝石棺〟として一部が見下ろせる。お椀を逆さに伏せたような巨大な装甲ドーム、目の前の壁はその一部だ――その中には…


――ドドドンッ！

突然、量産型エヴァの歩み入った地面が連続的に爆破され――床が抜けて白い巨体が地面に吸い込まれる。

量産型は、ひるむことなく立ったままの姿勢で一階層下の床面に着地。

した瞬間だ、もうもうと舞い上がるダストの中、彼は下あごから後頭部横へ向かってをロンギヌスの槍で刺し貫かれていた。

それは量産型の正面からで、爆煙の中、弐号機の目が光る。

「久しぶりの再会なのに、待ち伏せなんかでごめんなさい」アスカは努めて落ち着いて話しかけると、弐号機の赤い剛腕は突き入れた槍に力を込めてグッとねじり上げた。

ロンギヌスの槍、二叉の穂先と竿を繋ぐ部分、その二重螺旋がたわむ、螺旋の中の何もない空間が突然バッと輝くと——その前方、量産型の下あごが粉々に飛び散った。

それは後頭部まで吹き抜けて、頚骨を向き出しにした。

残った上あごに白い歯が不気味に並ぶ。よろめいたが、杖をかざすと、

——バンッ！

ATフィールドに似たパワーシールド、その反発力で弐号機をはねのけた。

「まだ動く!?　おなかがマユなんだから、コアはその辺じゃないの？」

——コアがあれば、だけど——

引き抜けた槍を弐号機は構え直す。

「ゾンビ映画ならコレがお約束だけどさ！」

ふらつく量産型エヴァは一歩下がって上体を安定させると、杖を横にして肩の後ろに掲げた。——投げる気？　簡単に避けられるわよ。

だが彼の目標は弐号機ではなかった、その壁にこの階層からも見えている。

ゴッと風が唸って弐号機をかすめる。

量産機は装甲壁〝石棺〟に向かって、杖を槍のように投げた。

──それでは傷しか付かない！　モニター越しに発令所スタッフはそう思ったが、それは杖の先端にシールドパワーを載せた強力な一撃で、石棺に突き刺さると二層目までのＨＴＣ／ハードテクタイトコンクリートが放射状に砕けた。

それでも石棺は持ちこたえた。──アスカが、そして発令所の面々がそう思ったとき、突進してきた量産機は弐号機のわきを駆け抜け、壁へ──

「アッ！」

強烈な光、そして衝撃！

「アスカ！　マユの中のサキエルがまだ……！」

ミサトは叫んだ──が、

光線を撃ったその仮面～サキエルの顔も、映ったディスプレイの中で力を使い果たしたように崩れて塵になり、マユの中はついには何もなくなるところだった。

捨て身の光線、照射打撃が装甲板を何層も剥ぎ取って、壁をさらに薄くしたその場所に量産機は突っ込んで、とうとうその質量分の運動エネルギーで壁を砕いた。

全身が裂けて赤黒い血にまみれた巨体は、〝内部〟へ転がり込む。

――バン！

ミサトが司令席のコンソールを叩く。

「やられた！」

ＭＡＧＩが基地自爆案を上程、審議を始めた旨をメインディスプレイで告げた。

警報が鳴り、石棺壁面に百ｍおき設置されている赤い回転灯が瞬き始めると、連動して内部でいくつものライトが点灯された。

照らし出されたのは三年前の爆撃の跡――その中心。


――そこには世界に穴でも開けた様な黒――


旧本部ビルがあった場所には、真っ黒な球面が不気味に建物も空間も呑んで座っていた。

周囲のライトの光をまったく反射しない異様な黒体空間。それは旧本部施設を包むドーム状なのだが、反射がないので立体に見えない、まるで空間の穴のようだ。

だがその黒い曲面は、ジオフロント地表から頭を出した一部に過ぎない。全体は地下にも及ぶ閉じた球で、中の最深部にはリリスがいる。

三年前のネルフ本部戦の最終局面、シンジがF型初号機で補完計画の空中祭壇を破壊した直後、本部ビルよりさらに地下深く、セントラルドグマの人型を生む人型リリスは、自分を中心に異常な空間を押し広げ、その内部の時間を凍りつかせた。

それがこの黒い闇だ。

その空間は、本部建屋とその地下にいた当時の基地司令碇ゲンドウや赤木リツコ博士らを始め職員百五十数名と、潜り込んだ戦自特殊部隊の十数名を巻き込んでみるみる黒く固まったと言われる。

機械はおろか、探査ビームも音波も通らず、目の前にあるのに温度すら解らないのだ。

〝時間停滞スフィア〟

そう名付けられたこの黒体は、のちの測定でスフィアではなくオーバル〝卵形〟であると判明したのがせいぜいだ。時間が止まっている事実もそれが直接観測できたわけではなく、物質や電磁波からニュートリノまであらゆる波が一切伝播しない。

〝それは伝播する暇がないから〟という二次的な結果の推測に過ぎず、時間のたわむ特性は豊かなれどゼロ時間との物理共存はあり得ないという議論から、それは限りなくゼロに近い――停滞している、そう結論されただけで、知り得たことはあまりに少ない。

この異常空間に議論百出する中で、だが理由に関して皆の推測は共通した。

――補完計画の消滅で、リリスは眠りについた――

恐らくこれは当たっているだろう。

時間を止めての絶対の眠り、何者が妨げられようはずもない。

だがいつまでの、何のための眠りなのかは誰にも解らない。

何が起こるのか（起こらないのか）解らない。だから旧地下都市ごと厳重に封印されたのだ。それに伴い受動的なセンサは残されたが、こちらから仕掛ける能動的観測中止に伴い空間解除の検討はすべて打ち切られた。

呑まれた人々は公式には死亡扱い、それでもこの先何も起こらないなら、と…納得できず、しかし了承した関係者ばかりだ。黒い球面はそれらの思いも飲み込んでそこにある。

『アスカ！　止めて！』

「わかってる！」

だがこの客はわざわざここを訪れた。

――バシュン！

アンビリカルケーブルを切り離し、弐号機は弾かれたようにダッシュ、内臓電源のタイマーもゼロへ向かって走り出す。

来訪には理由があるだろう、押さえようのない嫌な予感。

——どこが弱点なの!? 何がパワーを与えてる！ 焦るミサトが、それでも画像の量産機にハッと見留めたその場所を、マヤに助言を仰がず弐号機に伝えた——赤い光！——

『アスカ！ サキエルが消滅したのにマユの奥が光ってる！』

ミサトは怪しいところを突いていけと仰せだ。

作戦とは呼べない気もするが、何があっても止めろ、そう言うことだ。

「ヤー！ ボス」

アスカは槍竿で量産型エヴァの足を追い抜きざまに払い、倒した隙を突いて前方へ走る。

わざわざ相手の視界に入ってからの攻撃だが、万一破壊で爆散されると、背後の時間停滞スフィアにどう影響するか解らない。

彼女は最悪そのエネルギーを弐号機のATフィールドでさえぎるつもりだ。

立ち上がろうとしている量産型エヴァの前で、弐号機はくるりと身を翻す。

ドッとダストが舞い上がるその回転運動に乗せて——ロンギヌスの槍を突き出した。

——すかさず量産型エヴァはパワーシールドを生成したが、火花を散らし槍は突き抜ける！

光っているマユの裂け目の奥へ——

「そこッ！」

何かに突き当たり、二叉の穂先は〃それ〃を挟んで背中に突き抜けた。

——ドクン！——

まるで槍が教えるように、
アスカは直感できた。これか——！

〃この屍にかりそめの命を与えたもの〃

向かい合う量産型エヴァの右腕が弐号機を押しのけようと突き出された瞬間、

——弐号機は量産型に突き立てている槍を握ったままその下を流れるようにくぐる——

鉄棒の選手が体の前後を入れ替えるように槍の反対側に立ち上がった時、弐号機は体を回し量産型に背中を向ける形。

「いっちゃえ!!」背中から量産型に倒れて行くように槍を引き込む——一気に！

後方から量産型の左手が伸びて、弐号機のフェイスマスクをつかむ、だが遅かった。

「おとなしくもう一度死になさい…！」

――ズンと槍が震え、螺旋が膨れて光る。

マユの奥の〝それ〟がゴッと砕けたとたん、アスカの目の前、ホロディスプレイいっぱいに前方視界を奪う五本の白い指は腐肉に戻り、糸を引いてぼろぼろと崩れ始めた。

続いて全身の崩壊も始まる。


――終わった――

だがそこで振り返り気付いた。崩れつつある量産機の顔は弐号機を見ていない。

ずっと時間停滞スフィアの黒い闇を見ていた、死体に還るその瞬間まで。

「こいつ……」

アスカにはそれが満足している顔に見えた。


白い巨体が倒れた轟音を最後に、巨大な黒い卵が鎮座する地下の封印空間は、再び深い静寂に戻る。

『ご苦労様アスカ、処理は任せて』

聞こえたミサトの声はなぜか沈んでいる。

『引き続きで申し訳ないけど、近くのリフトですぐ地上に上がってちょうだい、搭座した初号機の緊急回収を手伝って』

「……シンジ？　あの馬鹿なにやったの!?」

初号機が取り返しの付かない状況に陥っていることを人々が知った頃、すでに綾波No.カトルは０・０エヴァとともに戦場から姿を消していた。

直後に復旧していた探査網には一切掛からず――まるでかき消す様に――

■白い御使い

カルデラ内はまだ氷点下だったが、低温のピークよりずいぶん気温が上がった。

第三新東京の復旧は始まったが、いきなり問題に直面していた。

電動車両は低温による電圧降下で性能を発揮できず、どうにか動かした内燃機関は止めると再始動が困難で回しっぱなしとなった。

騒々しいはずだったが、雪が音を吸い取って少し離れると作業風景が幻のようだ。

――そう雪。

氷の粒は空気中の水分を集め、カルデラとその周囲にだけ雪を降らせ、復旧を急ぐ人々をさらに当惑させていた。

この四半世紀、雪など経験がない。日が暮れてずいぶん経つが、雪と立ち昇る冷たい霧で第三新東京の空はぼおっと光り、着雪にあえいで飛ぶ哨戒無人機から箱根山カルデラはスノードームのように見えた。

警備部の防弾車輛／黒いＳＵＶ三台が慣れない雪道をおそるおそる抜けてネルフ本部に到着すると、中央の車輛はスライドしたドアから、車いすに乗せた綾波№トロワを降ろした。

下校時に倒れた彼女は、自分自身とも言える同じ綾波№カトルがシンジ達を攻撃して姿をくらませたとはまだ知らない、だからなぜ手足を拘束されているのか解らなかった。

――その枷の手に白いものが落ちる。

「冷たい…」

〝他の自分〟の声が聞こえずまだ朦朧としている彼女は、その時ようやくその白いものが辺り一面に舞い降りている様子に気付いた。

――花びらじゃない…溶けてしまう――

この世界の日本に冬らしい冬はない。

――このままこの白い中で眠ってしまいたい。

綾波レイNo.トロワは初めて見たその雪――初号機が作ったモノトーンの世界をぼんやり見ていた。

＃2聖誕祭

■滅亡手順

シンジを撃ったのは綾波レイNo.カトルだが、彼女は一切のエミッションも足跡を残さず０・０エヴァもろとも霧の中に行方をくらませている。

彼女を精神ミラーリンクで制御しているのは綾波達の魂の主であるレイNo.トロワ。よってトロワには今回のカトルの反乱を過失にせよ故意にせよ主導した嫌疑が掛かり、監査室と情報部の厳しい尋問を受けていた。

だがレイNo.トロワにとって彼らの声は、壁一枚向こうのように遠く響くばかりだ。

No.カトルどころかNo.サンク、シスの声も聞こえない。

姉妹を失ったと言うよりは、自分の体の体積が減ってちっぽけになってしまった、手足を失って動けなくなってしまった、そんな風に思えて彼女は自分を閉じていた。

その拘束されたレイNo.トロワを最初に訪れたのはアスカで、ドアは騒乱怒声で開かれた。

監査室スタッフの制止を乱暴に振り切って現れた彼女は、吐き出すような嗚咽で問う。

「どうして……！」

それによりレイNo.トロワは自分の分身レイNo.カトルが、シンジを撃ち殺してしまったと言う監査官の話が事実と知る。

綾波の希薄な表情を読み取れる人物は未だに少ないが、アスカはレイNo.トロワの表情にカトルの暴走が綾波の意思でないことを見て取った。

が、それを知っても引き起こされた結果は何も変わりはしないのだ。

かあっとなって綾波の制服の襟をつかんで引きずり立たせた。

「死んだとか簡単に思わない、だって私はあいつに三年前の借りを返してない」

初号機の体は弐号機に引きずられて帰還、メインの第一ケージではなく、長らく閉鎖されていた第二ケージに据えられた。今でこそ予備区画の第二だが現在の本部施設の中では一番古い区画で、旧ジオフロント外周北部に位置し、地下深くのこの場所も三年前の本部戦時は天井の抜けた露天で、量産型エヴァはここで解体された。

シンジの生死を確認するためにスキャンしたF型初号機の内部を見て、技術部だけでなく科学部スタッフも途方に暮れる。

——どういうことなのか解らなかった。

エントリープラグやシンジの影の発見はおろか、エヴァの巨大な骨格構造や内臓や筋肉、体内の器官それぞれの物理的境界が希薄にぼやけ混じり始めていた。

エンジニア達は古いケージのコントロールブースで、ディスプレイに薄く積もったホコリを拭うが、見えている異常事態は変わらない。

初号機の拘束装甲には、貫通したあげく、大岩でも放り込まれた水面のように溶けて弾けた跡がある。

0・0エヴァの極めて強力なガンマ線ビームに焼き抜かれ、瞬間的な蒸発、すなわち内部での大爆発で体内がめちゃくちゃになった。なら説明が付くが、それだけではなかったのだ。あらゆる境目が消えていく、骨格も消えていく…三千六百トンの体躯が自重崩壊する前にケージに急遽ＬＣＬが満たされた。

初号機の中、Ｆ型拘束装甲が包む巨大な人型容積がどこもかしこも一様に同じになっていく、エヴァの体がエヴァだった事を忘れ空白になってゆく、そんな風に見えた。ただ一箇所を除いて——

死にゆく体の中で、反対に危険なほどの出力を発散、際立つ場所があった。

S^2機関。

かつて使徒ゼルエルからの組織捕食で、初号機の体内にコアとの融合形で発生したパワープラント。給電線から初号機を解放し、動力炉以上の意味を持つ、存在の発動根源。

その中ではいま暴走時並みの力が不規則に現れては消え、極めて不安定になっており、遠くの地鳴りのような音を立てている。

生死どころか、その存在の有無すら解らなくなったシンジのサルベージは後回しにせざるを得ない。

なぜなら何を置いても、この暴走状態のS^2機関の停止がすべてに優先されるからだ。

理由はただ一つ、エネルギー解放によるサードインパクトの回避。

人々は沸き立ち吹きこぼれようとしている大釜のようなS^2機関を何とかコントロール、主を失ったパワーを上手く逃がし、初号機に静かな死を迎えさせねばならない。

だが決意とは裏腹に、より事態は悪化する。

「S^2機関の半径が変化しています…〝向こう側〟に落ちていってる——」


深夜に決定された全市民の避難は、明くる日、日中の気温上昇を待って実施となった。第三新東京市を含む箱根山カルデラ内から外への市民の避難がはじまる。

初号機がどの時点で暴走爆発するか読めないため、国連からエヴァ搬送機貸し出しを拒否された。

０・０エヴァ打ち上げ用の推進ユニットがあったとしても、任意にＡＴフィールド展開が無理な今の初号機には使えず、遠隔地投棄の道は断たれていた。

——この箱根で片を付けるしかない。


いま人の流れが交通機関を埋めている。市民には、都市構造に重大で緊急対応を要す損傷が広範囲に発見され、復旧活動を早急円滑に進めるための一時退去と説明された。

実際復旧作業も進められていたが、それは途中で放棄。市民の避難最後尾に続いて、作業員もネルフ職員とともに作業を放棄し逃げ出す手はずだ。

日本国政府はネルフＪＰＮの要請に応える形で、国連の租借地である箱根山カルデラから外の〝日本〟に至る幹線道や鉄道駅に戦略自衛隊を配置。避難市民の保護名目で大部隊を構え、検問を設け、第三新東京市民を調べ、運び出していた。


そのバスを待つ並びの中に、人工皮膚とフェイクデータコンタクトで変装し、情報部が偽造の粋をこらしたＩＤカードを持った青葉シゲルが混じっていた。今の彼に不審を見とがめる所があるとすれば、服飾センスが前世紀な所だ。戦自のゲート係官は妙な顔をしたが、ポリシーと言われれば致し方なく、ゲートはグリーンに光って彼に道を開いた。

背中にギターを背負った彼の目的は、大学の恩師に助力を請う事にある。

国連のヘリで出ればこんな手間は要らないが、その場合、高度な学識者技術者の知識及び人材の流出～特にネルフへの流出を～を警戒している日本国政府によって、綺麗にすれ違うように舞台設定されるのが関の山だ。

「今まで欲しいもの何でも徴発してきたから、むしろ個人的には同情するけどね～」

そう思いつつ彼も手ぶらで帰る気はない。

S^2機関、この正体不明のパワープラントは以前、ヒトの技術による複製が可能だと思われた。フラーレン60など、局所的な潮汐力に十分耐える素材なら出来るというのだ。

実現できればエネルギー革命になるだろう。

だが、しばらくして認識は変わる。

S^2機関がこの世界に存在する姿は全体の半分に過ぎないというのだ。

SFまがいの理論物理学者の言葉に、当初同じ科学部スタッフも耳を貸す者は少なかったが、唯一の証明方法／数学が〝反対側〟の存在を導き始めると、そう考えた方が都合がいいことに大半の人々は気付いた。

半分が向こう側、そう言われてもピンと来る形はしていない。透過スキャナーで見えているS^2機関の姿は、二つの螺旋が絡みついて出来た縦横高さがほぼ同じの塊だ。

三次元宇宙でくちゃくちゃなその塊は、膜宇宙理論の数学的二次元に置き換えると、丸めた布が広がるように鮮やかに形を変える。

それは膜宇宙の上に放射状八本のアンテナのように広がる。

膜宇宙理論は、宇宙を二次元と仮定した時、重力だけは二次元面に囚われず高さの方向、すなわち宇宙の外にも逃げているエネルギーは何しろ全方位なので、面の上のエネルギーより莫大な量だ。

――^2S機関はその逃げているエネルギーをポンプアップして、この宇宙に戻して使う。

その八本のアンテナは実際はもっと遥か長いと思われ、アンテナ間には傘のように膜があり広大な八角形を成している――これが見えていない反対側だと言うのだ。

そしていま^2S機関の〝こちら側〟の姿が減少している。

〝向こう側〟に落ちて行ってるのだ。

「こんな事例、今までなかったわ」

この第二ケージで、科学屋としては言いたくないひと言をマヤは口に出した。

向こう側、それは高次元宇宙で、^2S機関はそちらに深く沈むほど膨大なエネルギーが取り出せるとされる。

――だがいま人々はその火を消したいのだ。

計算上、沈むほどこちら側の座標が不安定になるはずで、案の定行き場のないエネルギーが激しく揺らぎ始めていた。

「嫌な計算ばかりがよく当たる」

「はは、まったく！」マヤのグチにスタッフはうなずき、そろそろ決めた方がいいだろうかと考え始めていた。すなわちここで命を大事に避難するか、職務と言うよりもはや興味という欲求、瞬間でも宇宙の向こう側を手づかみできる誘惑に殉じるか。

なかなかどちらも捨てがたい。

その場でナルシシズムな葛藤に陥っていた数名を、マヤの言葉が現実に引き戻す。

「初号機の拘束装甲を換装します！　準備を、上にはすぐ許可取るのでバラし始めて……！」

「えっ？」

初号機の熱量で温まり始めたＬＣＬに、流れ込む冷たい外気が触れ、もうもうと蒸気が上がる。あらゆる物が結露して滴が降り落ちる古い解体ケージの中、初号機はその時を待っていた。

アスカは建造物倒壊や橋梁崩落などを片付ける大型復旧支援の命を受け、入り乱れる無線交信を脳波選択でランダムにデコード、聞き流しながら連日市街地で弐号機を動かしていた。なるべく自分の五感を情報で満たして〝それ〟を考えないようにするのだ。

——が、ふと見渡した巨人の視点が止まる。

いま誰も気にしないその場所に気が付くと、自然に弐号機は足の向きを変え、慌ただしい作業エリアに張られた黄色いテープを越えていた。

氷の器が砕けた時、爆散した巨大な氷の塊が本部周辺にも降った。

そこにも一つ落下したらしく、衝撃でめくれ飛んだ地盤装甲が、加持の――今はシンジのスイカ畑を押しつぶしていた。

「世界を延長しても、畑を移しても、三年で終わっちゃしょうがないじゃない……！」

アスカのやり場のない感情が伝わって、エヴァ弐号機は横たわる地盤装甲を片手で乱暴にひっくり返し――

「……あ」

――視界にまばらな緑が飛び込んだ。弐号機は背中を丸めて膝をつく――妙な絵だった、赤い巨人が地に這いつくばってのぞき込む。

シンジが生き延びさせた小さな世界はまだ生きていた。

いくらか土砂はかぶっていたが、覆われていたことで、極地並みだった外気から遮断され、その世界は生き延びたのだ。弐号機はまるで温度でも確かめるような仕草でそのスイカ畑に巨大な手をかざす。

——ピピッ♪


作業タイムテーブルが鳴り彼女は我に返った。——シンジは戻ってくる。

あいつの世界は滅びてない、それまでの間なら面倒見てやってもいい——

それは一時的だと彼女は念じ、それが永久ではないと自分自身に言い聞かせた。


綾波No.カトル０・０エヴァによる造反と脱走、そして量産型エヴァの襲撃から数日が過ぎていた。

市街地の雪はあらかた溶けたが湖にはまだ大量の氷があって冷気が這い上ってくる。

アスカは弐号機の手で散らばっている瓦礫を並べて、不格好な防風柵を作った。

「またすぐ戻るから」

膝のニーストライカーから土を落としながら弐号機は立ち上がると、その日の作業ルーティンに復帰するため歩き始めた。

■ヒトの残響

その大学構内、自分の研究室で彼の端末を叩く青年に、その初老の男は声を掛けた。

「誰や！　勝手に——」

「水里セーンセ、ご無沙汰してます」

変装皮膚を剥いでヒリヒリするアゴをさすりながら青葉は返す。

「げっ、青葉か、何しに来た、つーかキーボードから手を離せ！」

「教え子が四年振りに尋ねてきたっていうのに酷いなあ――まあ僕も、ちょっとげんなりしてるんですよ」

たたっとキーを叩いて振り返る。

「パスワード昔のままだったなら、ここまで出てこなくても何とかなったかも」

キイッと椅子が軋み、青葉は男の方に体を回した。

「で、本題なんですけど、量子波動ミラーの図面と実験データの写しはどこです？」

「何の話や」

「赤木リツコ博士に量子波動収束の意見求められたことあったんですね、僕がネルフ入りたての頃だから気が付きませんでしたよ」

「……」

「で、そのときデータを見せられてる」

青葉に水里と呼ばれた男、この研究室の助教授は黙り込んだ。

「彼女、どうして外部の人物に聞いたんですかね――先生、ウチの情報部はおっかないですよ」

水里はしばらく動かなかったが、唸っている小さな冷蔵庫を開いてミネラルウォーターのボトルに隠れていた缶ビールを引っ張り出しブシュッ……――グーッと一気に煽った。

その缶をバンッと机に叩き置き、

「あれがエヴァを殺す魔法の鏡やからや」

「ほお？」とんでもない言葉が出たものだ。

「S^2機関みたいにエネルギー引き出せるほどではないが、コアも少々は次元干渉してるのは知っとるな、あのミラーは次元を越えてくる量子の波を全部跳ね返す」

「つまり窒息させる、と」

男はうなずいた。

「いや、そうだとしても、なら予算が出て建造できるはずがない、お蔵入りになったとはいえ――」

「紙一重やろ、設定角度変えればコアの励起も出来る、書類はそっちだけ書けばいい、つーか、それをワシが計算して書いた」

「なっ……」今度は青葉の方が驚く番だった。

「設計は母親のデータや言いよった、ある日それ見た娘が――女は怖いぞ青葉」

スチール机の引き出しの奥をガタガタやっていた水里は、古いメモリー媒体と書類の入った封筒を投げてよこした。青葉は腰を上げる。

「ありがと先生、モノはただのドンガラだから、旧ジオフロントでホコリかぶったままあるんだけど、データはみんな三年前になくなってるんだ、急ぐのでまた」
「二度と来るなッ！」

…どこだろう
僕がいるのは陽だまりの縁側か
——モウ—アキネ——
秋——シンジは秋を知らない
視界の中に暖色が広がっていく
それに郷愁を覚えるのは誰かの心象なのか
光があふれ辺りがはっきり見えない風景
だがまぶしくは感じない
夢の中のような世界でシンジは
——手伝いなさい——
母さん…？

驚きはしなかった
それが当たり前と思えた

——面白いことを思いついたの——
二人なら出来るかもねと彼女は言う
とても大きなシーツを干す要領だと
シンジはぼんやりして状況が飲み込めないが
——さあ、と急かされ結局は立ち上がる
親子は庭に降りた
——こちらを持っているから
そちらをもって広げて
そう母に言われてイメージしてみる
母に合わせてそれをつかんだ手をふわっと広げた

——ドドオンッ！

突然、砕ける波のような大音響が轟いて、体感できる震動が第二ケージを満たした。

何ごと!? 誰もが「うわっ」とたじろいだ。

まるで巨大な滝の横にでも立っている様だ。

——ドードーと言う流動音、そして地響き。

何か圧力の様なモノを感じて動き辛いが、マヤはコントロールブースに駆け上がる。

「何がどうなったの!?」

「————!」スタッフが叫んでいるが轟音で、

「聞こえない!」いつもなら他者に二歩以上絶対距離を取るマヤだが非常事態だ。

「S^2機関が消えた…! 〝向こう〟へ落ちた?」

スキャナーを見ていたそのスタッフは蒼白だった。

「ええっ!? だったらエネルギーは、すべて向こう側に落ちてなにも検知できなくなるはずで——ちょっと…なにコレ…!」ディスプレイをのぞき込んだマヤの表情が変わる。

S^2機関があった場所が、探査不能領域で黒く表示されていた。

皆、状況を把握しようと怒鳴り合う。

音だけではない、重力、磁力、放射線に電界のあらゆるノイズが溢れ出していた。

立体スキャナーはそれらのノイズに叩かれてシステムダウン寸前だったが、マヤが驚いたのはその途切れ途切れの画像の中、黒い探査不能領域を中心に空白一様だった体内に、猛烈な速度で体内器官の境界面が生まれ始めたのを見たからだ。

——しかし、

「以前と違う——発達してる…」

ズンッ！　ズンッ！　と爆発のような勢いで体組織が生まれていく。

——ゴーン！

剥がし遅れていたF型の腕の拘束装甲が、成長に耐えかねてLCLの中で弾け飛んだ。

現れた増して強靭な腕、それを合図に至る所で同じ事が起こった。

——ガゴーン！——ゴーン！

「胸部の前方に入るな！」轟音の中、ケージ長が怒鳴る。

「どうしたの!?」

「あれを…！」

エンジニアが指さした方向、初号機が向かい合うケージの壁が広く変色し煙が湧いていた。——初号機が何か出してる？

「4番5番8番9番の照明を落として！」

初号機の前方を暗くすると、ケージ内の空気がかすかにピンクに光っていた。

LCL内はもっと顕著で、水中でライトを灯したような光の筋が、初号機の胸の前から放射状に発せられているのが見えた。

「全員防護服着用！」マヤが叫ぶ、
正確には胸の前に宙に浮いた見えないレンズでもあって、奔流のようなエネルギーがそこからあふれているようなのだ。

「――いまのは陽子崩壊…！」

コントロールブースの科学部スタッフ一人が突然狂ったように笑い出した。

「は、ははははは、見たこともない粒子をいきなり一ダース近く観測です、すごい！」

「いいから防護服を着ろ！　高次元宇宙の粒子が飛び込んできてるんだ！」

轟音の中で様々な感情が飛び交うなか搬入路の横扉が開き、混乱のスタッフは一斉にそちらを見た。

ケージに回転灯を回しながら入ってきた天井クレーンが垂下する十本のワイヤーの先、吊り下げているのは廃棄ナンバーの胸部装甲。エヴァを殺す魔法の鏡。

それがいまF型の拘束装甲を剥ぎ取られつつある初号機に近付き停止した。

滝のような轟音に負けないようにマヤは出せる限りの大声を出した。

防護服の両腕をバタバタと振る。

「みんな集まってェ！」

オレンジ色の防護服の面々が〜科学部は肩を叩いて、騒がしい環境は慣れている技術部はハンドサインで互いを呼び集めながら、一回り小さなオレンジのマヤの元に集まった。

「みんな大丈夫!?」あら、私なんで他人の心配なんかしてるのかしら——変な高揚感に誰もが目を大きくしていた。——たぶん私もいま同じ顔をしてるのね。

とんでもないことに立ち会っていることだけは皆わかる。

ここにいるメンバー全員と同じく、結露する滴ですっかり濡れ鼠のマヤは眼鏡の滴を振り、額を袖で拭う。本部戦以降に入ったスタッフは彼女が笑った顔を初めて見た。

「状況が変わったので、ざっと説明します、おかしいと思ったヒトは意見をお願い、今から例のミラー内壁の胸部拘束装甲を取り付けます！」

その胸部装甲の形状はエヴァの通常シェイプされたサーフェスと比べて複雑で、流麗とは対極の形だった。およそ機械デザインも芸術と変わりなく、制作者の整理しきれなかった試行錯誤、でなければ狂騒の産物だと見て取れた。

——見た目よりたぶん重いよ——

——エヴァを殺せる魔法の鏡——

これが量子波動ミラーの胸部拘束装甲。

「今まで初号機は高次元に落ちていくこちら側のエネルギーを回収して動いてた！」

「リサイクルってわけだ！」マヤの横に立った大柄のケージ長が合いの手を入れる。

「ところが今は高次元側のエネルギーを無制限に流し込んでる！」

「一変して盗電だな！」

「いま初号機はすごい勢いで自分の体を作り替えてる、もう少なくとも体を捨てて全てを解放する滅亡シークェンスではないわ！」

おお！　と湧いた一同をマヤは制する。

「でも流入エネルギーの仮想総量と初号機の成長速度は比例してる。グラフのこのあたりのどこかで体の作り替えは終わる、でも右肩上がりのままのエネルギー曲線を見て」

駆け上がるラインはほとんど直線だった。

「どこかで制御してやらないと、成長そのもので暴走劣化して結局自壊するわ、そのとき…今どういうわけかむき出しになってる特異点がどうなるか予想が付かない」

見回す、皆が今マヤに注目している。

「試製拘束装甲のフィッティング作業を開始します！」

普段出さない大声に枯れ始めたノドで怒鳴った。

「流入する波を、囲ったミラーの内側で無制限に反射させてこだまを作って押し戻します、この高次元の窓からこっちの宇宙が食い破られるその前に――！」


そのときケージ内の轟音に重ねて、数日ぶりの襲撃警報が響き渡った。

だが「続けてください！」ケージ長がすぐさま人員を振り分けた。

「装備管理及び搬送班は私と第一ケージへ戻るぞ！　後の者は伊吹主任に従って換装作業を始めろ、かかれっ！」彼が怒鳴るとオレンジ服が双方へ駆け出す。

「あのッ！　力仕事はこっちや言うンで、手伝いに来ました――！」

入れ替わりで入ってきたのはトウジだ。

「これを着ろ！」

びしょ濡れの防護服を押しつけられ、それにマヤが気付いた。

「避難しなかったの？　あなた確かご家族――妹さんがいたでしょう！」

「そのつもりで家出たンですが、箱根でる前にシンジに会うとこ思て…！」

ウンザリつまむように広げた防護服にそれでもトウジは袖を通す。

「――したら警報が…妹はここのロビーで荷物番しとります――で、このやかましいンは何の音です!?」

蒸気の上がるＬＣＬをマヤは指さした。

「シンジ、この騒がしさは棺桶ちゃうやろ…マヤさん、シンジは――」

「中に溶けたそのままよ」

■電磁雷撃戦

第三新東京全市に警報が鳴る。――再び脅威はやって来た。昔からそうだ、こちらから出向くことはまれで、敵性存在は、だいたいここを目指して向こうからやって来る。

先日のレイNo.カトルの反乱を皮切りに、その迷惑なサイクルは再開したようだ。


警報を監査室の監房で聞いたレイNo.トロワの肩がビクリと動いた、

「あ…!」

警報と同時に意識を他の綾波に回すように繋ぐ。

これは訓練による反射行動で、No.カトルこそ見えなかったが他の二人、No.サンクとNo.シスは一瞬繋がった――気がしたがそれまでだった――あとはまた〝一人〟になった。

同室している女性監視員が立ち上がり、心配の声を掛けたがトロワは震えるばかりだ。

総司令葛城ミサトは礼装で発令所に入った。初号機の消滅の予想説明のために第二東京の官庁を回っていま戻ったところで、帰途、彼女を乗せたヘヴィVTOLは、ギター青年をピックアップするオマケが付き、彼は到着早々第二ケージに走った。

ミサトが踏み込んだ発令所は、スピーカーから聞こえる軌道上のレイNo.サンクとNo.シスの声で入り乱れていた

「なにこれ…状況は!?」

「明星ヶ岳方向に大型脅威個体出現、数1、形態から先に襲来したエンジェルキャリヤーと同種の個体と識別!」

エンジェルキャリヤー。サキエルのマユを抱えた先日の量産型エヴァ屍体兵の呼称を、先日事後ミサトがそう定めた。

「そんな近く!? 何でレーダーにも監視衛星にも掛からない」

それがどういう手品か、またしても長距離探査網には一切掛かることなく、そこまでの光学情報も震動情報も入らず、発見された時には本部東方数㎞というの至近だった。

「で、この二人の声は!?」

ミサトの問いに日向が答える。

「突全に覚醒しました、精神リンクを使わず地上からのモニタリング周波を使って音声通信で相互会話してます」

「トロワは何て？　精神ミラーリンクは？」

「一瞬繋がってすぐ不通になったと——この二人も思考脳波にタイムラグがあるので事実かと」

「それでどうして覚醒してるの…？」

——猛烈な速度の音声会話、箱根の発令所では、その内容が理解できなかった。

それが完全に共通の知識があることを前提に、その部分をすべて飛ばした会話だとスタッフが気付いた頃にはその会話状態は崩れ、会話の内容が壊滅的に支離滅裂になった。

さすがにマズイとミサトも気付いた。

「止めて！　あの子達壊れちゃうわ！　眠らせるの！　脳活動及び代謝制御を生命維持レベルに！」

再び二人が昏睡させられた時には、バイタルデータも正常ではなかった。

S^2機関外装型のエヴァにガンマ線レーザー砲、一か八かで使っていい物は一つもない。搭乗パイロットの心神喪失、すなわち、ネルフＪＰＮが二年以上掛けて構築した探査殲滅システムは一人の少女に依存することで機能してきたが、同じ理由でいま事実上再び沈黙したのだ。

『傾注！　強羅展開の戦自が攻撃を開始した』

本部タワーカメラの一画像がメインディスプレイに割り込むと、東の空が紫に焼けるのが見えた。

――数秒遅れて画像が揺れる。

「戦自の警備編成指揮官から通達、一〇三五時に戦闘状態に突入、市民の避難が完了していないため上空支援はない、だそうです」

「だったら避難優先で、戦端開くのまだ早いでしょうが、近くのシェルターへ誘導！」

東方向の山裾、稜線から発砲の瞬間だけ鎌首を上げるビーム兵器の機動が見えた。

光の焦点が山肌を吹き飛ばす。

「何かしら」ミサトが目を細めて凝視した。

メインディスプレイの画像の中、峠の向こうから進行してくるエンジェルキャリヤーにビームがまばゆい焦点を結ぶ。射線上で焼かれた空中分子がプラズマ化し弾けると同時に、地表に向かってカーテン状に落雷が起こった。

「すごい！」映像に日向はピンと来たのか思わず立ち上がる。

「戦自の新型メーザー砲車！　カバーの中身が不明なハーフボギー連結式の装甲トランスポーターが、箱根湯本方面から入った話はこいつだったのか」

「ウチにも送電用のメーザービームはあるけど、これはとんでもないわね」

三式試製メーザー砲車

国連租借地となった箱根山カルデラを取り巻くように展開する日本国戦自の使徒級大型脅威個体制圧機動兵器。車載におさまるほどに小型化したN^{2}リアクターは新技術でありヒーレントマイクロウェーブ投射砲の大電力消費をまかなう。

デザイン:きお誠児

このメーザー砲は、出力はネルフのガンマ線レーザー砲やポジトロンライフルには及ばない。ただし四秒近くの連続照射が可能で累積エネルギーはこちらが上回る。

その猛烈な消費を支えるパワープラントはJA改で世に出た^{2}Nリアクター。^{2}N爆弾の反応を発電に技術転用した機関だ。

すぐにフィールドを張られたが、アームに載った大きな終端リフレクターから一気に大収束されたビームの最初の焦点が、フィールド展開直前にキャリヤーが肋骨で抱えるマユを貫いていた。

「こちらが苦労して得た情報は……」

「そりゃしっかり伝わってますよ」

残りのビームはすべてフィールドで跳ね返されて周囲の山を焼いた。

「初号機崩壊の巻き添えはゴメンとばかりに〝あかしま〟は第二東京に下げたくせに」

「後腐れない場所で実証実験でしょう、コレ完成したとはまだ聞いてなかった」

キャリヤーの巨体はよろめいたが、

「…止まらないわね、観測機飛ばして」

ミサトがそう言った時だ。

——いや、もうあの巨人はしゃがみ込む。

挌座する、そう見えたエンジェルキャリヤーは力を膝に貯めただけで、次の瞬間大きく飛び上がった。

宙で巨体をくるりと回すと、着地した時には相当な距離を飛んで、戦自のメーザー車を踏み潰していた。

「何てことだ！　外したのか、浅かったのか…」

「みたいね、今回のヤツ、以前のキャリヤーと形が少し違わない？　肩がウチのエヴァみたいだわ」

確かにその巨人の両肩はプレート状に突き出ていた。

ポーン♪とステータスボード上、弐号機のアイコンが点滅。

『他人任せで高みの見物なんて、今まで出来た試しないじゃない、忘れた？』

アスカの声が発令所に響いた。

『弐号機はレクテナ装備で上がるわよ、メーザー送電お願い、戦自のを電源に借りよと思ったのにやられるの早いわ』

「あんな大収束のメーザー受けたら給電どころかレクテナに穴開くぞ！」

アスカの冗談にまじめに返す日向にミサトも問う。

「日向君、ウチのメーザー送電タワーは？」

「立ち上げ完了、全塔同期してます」

「アスカ、言いたいことは解るけど、こちらの備えが不完全なことも忘れないで」

事実上、ネルフＪＰＮでいま出動できるエヴァはアスカの弐号機ただ一機だった。

切り札になるはずだった軌道上からの狙撃網は当てに出来なくなった。ネルフＪＰＮにはまだ零号機のＦ型仕様が存在するが、パイロットは綾波レイNo.トロワだ。彼女がNo.カトルと同じになる危険を排除できていない。

そして初号機は――

「エヴァ弐号機発進！」思いを振り切って赤い巨人が立つ。

その右手には最初からロンギヌスの槍が握られていた。

本部基地東側の発進ゲートから出現した弐号機はケーブルを引いていなかった。

左肩パイロンに折りたたまれたフレームを開くと、それは大きな十字になった。

「レクテナ展開」

『送電5秒前、2、1、マー――ガガッ』

発令所の日向の声は最後がノイズでエラー表示で切れたが、それは高周波ビームに変換された電力ががちゃんと受け取れている証拠なのでアスカは慌ててない。

「メーザー受信、利得／基準値内」

『CPより弐号機、対象がモノレール駅に近付かないよう戦域設定せよ、市民がいる』

通信帯域をシフトした日向の声が入る。

「弐号機了解、私もその辺りに近付きそうになったら先に送電止めてくれていい、送電ウェーブで避難するヒト焼きたくない」

山間や湖岸の見通し距離の短い場所を除いて、第三新東京の周辺にはエヴァへ送電用のメーザータワーが立っている。これは各国から国連を通して、その傘下であるネルフJPNへの押しつけのインフラで、0・0エヴァにS^2機関を載せ無限航続にした事への能動的抗議、ケーブルや送電ビームのような鎖で行動を限定せよというメッセージだ。

送電効率はなかなかでケーブルからは解放される代わりに、電磁波障害でセンシング能力は半分以下に低下する。

だが今回のようにケーブル給電が出来ない場所ではそれなりに使える。

送電タワーの発信器は弐号機のレクテナを追いかけ一斉に動く。メーザー／位相のそろった極超短波送電を受けて弐号機は歩き出した。受信用の大きな十字架を肩で背負い上げるようにして、丘を登っていく。


拾いきれないマイクロ波がATフィールド上で熱に変わりチリチリと光っていた。

轟音の響く第二ケージ。初号機の胸部を新パーツ（古いのだが）で締め上げる行程は手間取り、終わらないうちに別の拘束装甲——衝角アンテナが弓なりになった無骨な頭部装甲が吊られてケージに入ってきた。回転灯がまわり、吊り下げクレーンの移動を知らせるアラームが鳴っているはずだが、騒音でまるで聞こえない。

「頭まで替えるんですか!?」

「え!?　なに!?」

怒濤の音の中でトウジは自分の頭～安全ヘルメットをガンガン叩くジェスチャーも加えてマヤに聞き直した。「ドタマも！　替えはるンですか!?」

「ええ！　地下にあったこの拘束具は全体にサイズが大きいの——ありがたいことにね、ずいぶん凶悪なボディを想定した感じ！　先…——作ったヒトの恐怖の形なのかも…ホラ、目なんか無理矢理可変装甲で閉じられるわ」

「…何やら悪趣味ですが——！」

ガクンと作業が止まった。

「もう少し右だ！」どうやら作業クレーンがもうほんのわずかなところ寸前で稼働範囲限界のようで、掛けられたロープに技術部だ、続いて科学部も群がる。

「鈴原君も引いてェ！」

「アナログやなあ！」

「量産品じゃない、一品物の現場なんてどこもこんなモノよ！」

将来、そういう物を制作する会社にでも就職すれば、そうだと解るのだろうか。

——将来進路、先生は訊くしクラスメイトもそんな話を始めるようになった。

だがトウジは皆とロープを引きつつ、

——どうにも実感がない、将来の展望にではない、この世界の未来時間にだ。


アスカはわずかに思案した。弐号機からキャリヤーに向かう方向が、そもそも東側の市民脱出路にあたり、モノレールもある。——だったら。

「コントロール、少し北側から回ってみる、メーザー車輌を攻撃した姿を見たでしょ、今回キャリヤーは積極的に攻めて来るから」

——前回は時間停滞スフィアに辿り着くのみが目的で、進路上以外は無視してたのに。

『誘えば釣れる、そう思うのね』発令所／コントロールポストはミサトが答えた。

「ヤーボス、送電停止、レクテナたたむわ」

弐号機は台ヶ岳のわきを抜けて全力疾走。１３８号線をまたぎ越し小塚山北方、キャリヤーから見て北西方面に至ると再びレクテナを開いた。

——ドンッ！

ロンギヌスの石突きを地面に突き立てると、左手でキャリングしていた新型パレットガン、パワードエイト／カービンを両手で持つ。

「3バーストにスイッチ」

——ピキュキュ♪　AIが応じ、照準サイトのブレ予測枠が小さくなる。

「そーゆーワケでもないけどな…CP、弐号機発砲開始」

——ゴゴゴンッ！


キャリヤーのパワーシールドはATフィールドと違い直視で見えないが、弐号機の放ったレールガンの弾体は、その表面に全て着弾、巨大な運動エネルギーが金属弾体をイオンに粉砕して虹色の火柱になった。

「そら、こっち見ろ」

その言葉が聞こえたように三㎞向こうのエンジェルキャリヤーは向きを変える。

——そしてこちらに手をかざした。

「え？」

空気がゆがむのが見えた。パワードエイトのフォアグリップに添えていた左手を離し、地面に刺して

おいた槍をつかむ。瞬間、

――ドンッ！　波にぶつかったような感覚。大きな力で弐号機は跳ね飛ばされた。

「ふッ！」

ディスプレイで見ていた発令所はざわめき、ミサトも思わず訊いた。

「何をやったの!?」

解りきったようにアスカが答える。『パワーシールドを飛ばしたんでしょ、こんな芸も出来るのね、それとも私とシンジがやったの見てたかな』

「あの時点から居たって言うの？」

『言ってみただけ』


第二ケージの騒音に青葉は驚いたが、そのままキャットウォークを駆け抜けて、汚れた古いコントロールブースに入った。彼が持ち帰ったデータ中、紙の部分をマヤは猛烈な速度でＭＡＧＩに打ち込み始めた。メモリーは青葉が読み込ませている。

どうして？　と思うトウジが思わず訊いた。

「その何とかミラーで囲めばそれでエエんとちゃうンですか!?」

「ただの鏡だって、狙ったところに光を跳ね返したければ微妙な調整がいるでしょ」

「そりゃまあ」

「これは元々エヴァのコアを永久凍結するため赤木博士が造った拘束装甲なの」

「そしたら、そのまま……」

残念ながら、と青葉がさえぎった。

「その使い方が出来たのは、この大騒ぎの前までだよ。もう外界と切り離してもすでに流れ込んでる力で砕ける、それくらい強い。てか、いま見てたまげたよ」

だから、とマヤはキーを叩き、

「手段を変える、だから微妙な調整が肝心なの。乱雑で無制限な流れを整流して、これ以上次元の窓を刺激しないようにする、そのあたりがやっとね、上手く行ったらその先は後で考えましょう」

飛んでくるシールド対レールガン、地上は意外な射撃戦になっていた。

だがアスカのもくろみ通り、エンジェルキャリヤーは弐号機に向かって進路を変え距離を詰めてきている。もう少し市街地と交通網から引き離したいアスカは、敵のシールド攻撃をかわしつつ、時折短く発砲し、攻撃の意思をちらつかせ煽りながら、背後のカルデラ北壁へ我慢の後退をしていた。

——が、

「このあたりで十分でしょ」

一変、攻撃に転じた。エヴァ弐号機はレクテナをたたむとエイトをキャリングレールへ、代わりにロンギヌスをつかむ。エンジェルキャリヤーに向かって一気に加速、相手が放つシールドを左右に跳ぶようにかわす。

「やっぱりあいつ、瞬間の未来位置予測には反応が遅れる――それなら！」

トップスピードまで速度を上げると、前方、円錐に展開した自分のATフィールドの中に弐号機は頭から飛び込んだ。

フィールドが反発し、地表をバリバリ吹き飛ばしながら滑走し、莫大な運動エネルギーを保ったままキャリヤーに突っ込む。

エンジェルキャリヤーのシールドと衝突。大音響と共にフィールド同士の接触面から干渉光が火花のように散って、アスカの突撃は進路を逸らされてしまう。

方向が変わり脇を抜けた弐号機の円錐フィールドを追撃しようとキャリヤーが向きを変え、それが彼の隙となった。

土煙の中から突き出されたロンギヌスの切っ先。弐号機はATフィールドと共にキャリヤー横を抜けたのではなく、フィールドのみを押し出して駆け抜けたように見せた。

すでにフィールドから降りていた弐号機は相手の間合いの中から槍を繰り出す。

――ズドンッ！

赤い二叉の槍はキャリヤーのマユを一気に刺し貫いた、赤く光っていたマユの奥まで！

わっと発令所が沸いた。

今回マユの中の使徒の幼生は姿を見せることなく、キャリヤーの急所ごとロンギヌスに貫かれ、ミサトはアスカを手放しでほめた。

「アスカうまい！　あ〜ん何てヒキョーなの、この子は♪」

『うるさいわね！』

わざと声を濁らせて返したアスカだったが、

——なにこの手応え——

槍を握った弐号機の腕が、先があるはずのないその先へズルリと引き込まれた。

「なっ!?」慌てた——そして驚く。

手応えどころか凄い力で槍をどんどん吸い込まれる。

槍の穂先の浸徹はとっくに背中まで突き抜け切る長さなのに一体…。

——ドンッ！

弐号機をキャリヤーのパワーシールドが叩き、槍を握った腕を強引にはじき飛ばされた。

その衝撃で破れたマユの中に見えたのは、槍を引き込む黒い球、

「レリエル！」

ミサトは司令席から思わず立ち上がる。

——使徒レリエル。

空間モアレの縞が表面に走るその黒い球は、見えているそれ自体が影だ。

実体は内部の虚数空間で、何でもそのマイナスの暗黒に飲み込んでしまう。

「しまった……！」

——コピーロンギヌスの奪取が今回の襲撃の目的……！

ミサトは敵の真意に気付いたが、その

ときはもう後の祭だった。

ロンギヌスの槍を飲み込むとレリエルは影を翻し、フッとマユの中から消えた。

——かーっとアスカの頭に血がのぼる。

弐号機はとっさに肩のマイクロウェーブレクテナを外すと、その大きな十字形を投射、エンジェルキャリヤーの足元に突き立て飛びさがる。

『日向サン、焼いて!』

突然のオーダーに、発令所の日向は慌ててコンソールに飛びついた。

近くの二塔に、射線が地形をかすめてしまいそうな遠い三塔を加えた五つの送電タワーから、レクテナめがけて一斉にメーザーが飛んだ。


キャリヤーのすぐ横で、機体から離れてコントロールを失ったレクテナは、五方向からのマイクロ波が集中、あっという間に過充電になり、次の瞬間内臓キャパシタの超伝導格子が崩壊した。

弐号機の視界がホワイトアウト。

数テラワットの電磁爆発。近接した高圧送電線鉄塔の鉄骨は誘導電流で融解、コンクリートは砂のように砕けた。地中の水分が一気に蒸発し、五百m半径の大地がゴッと盛り上がり次の瞬間大爆発した。

アスカは肩レールのパワードエイトを右手に持ち替え構える。

ゼロへ向かってカウントダウンし始めた内蔵電源タイマー越し、稲妻が走るキノコ雲の中からもうもうと湯気を上げるエンジェルキャリヤーが現れるのが見えた。

「ああ、そうでしょうね――…ヤンなっちゃうわ、まったく」


そのときアスカは音を聞いた。

最初、高ぶる自分の心臓の音かと思った。

――ザーン――ザーン――ザーン――

遠い…どこから?

視線は正面のキャリヤーを見つめたまま、だがその音になぜかとらわれた。

「何の音…?」

■次への譲渡
暖かな優しい世界の空
シンジと母が広げた〝それ〟が風の中で揺れている
縁側に二人並んで腰掛け、それを見ていた

——すべてが終わったら——

母だと思えるその人はシンジにそう話し始めた

——すべてが終わった日暮れ前には、またこれをたたんで取り込まなくちゃならない——

なぜ？

——この力は大きすぎるの

でも広げた時と同じように一人じゃ無理

そのとき一緒にたたんでくれる人をあなたは見つけないと——

母さんは？　とシンジは問う

一緒にたたんではくれないの？

——ここでの存在と引き替えだから——

白い世界に一層光が増して母のイメージがその光にかすんでいく

——お別れよ——

どうするんだ母さん

——行ってみたい所があるわ…そのあとは——

気付いた――今までそこにあったもの
カタチとしてはないが、たびたびシンジを救ってくれたその存在が消えるのだと解った
シンジに全て託して――
緩慢な思考のままでシンジは泣いた
情けなく恥もなくただ泣いた

第二ケージの轟音が変化したように聞こえた。

――あれ？　音が揺れ出してる？

例の満ちる騒音を、寄せて返す波のようにトウジは感じた。

「波動の反射焦点が合ってきてるんだよ！」彼の表情を見て青葉が教えた。

青葉はデッキから見下ろし最後の大声を出す。

「いいトコ来てますよ！　修正、東コンマ０１」

「せェのッ！」東側のグループが一斉に引く！

あふれる波動が何度かパーツをはじき飛ばし、最初に取りかかったのに結局、胸部装甲の調整が一番長引いて最後になっていた。

それ以外の拘束装甲もこんな環境下の作業だ、乱暴な切った貼ったのでっち上げだが、体の形、ヒト

の形を認識させることが重要らしい。

「南側コンマ002から03…ゆっくり――」

――こっちだ、列を作るスタッフに混じるトウジはロープを握る人工腕に力を込めた。

ケージに満ちていたドドドッという滝のようなバックノイズが、ウオンウオンという唸りに変わってスーッと引いていく。思わず一同が息を呑んだ瞬間、

――ドウ…ン!――

出し抜けに大きな単音が響いて「わあっ!」皆驚いた。

量子波動ミラーで押さえ込まれた初号機の胸が、内から弾けるようにボンッと揺れた。

青葉がパチンと指を鳴らす。「そこだ! いま綺麗にセンターが出てる! 固定してください! 計算上これが限界、五十六億七千万振幅分の一の干渉波…!」

――ドウ…ン!――

皆振り向く、振り仰ぐ。あたりのものすべてをズンと揺さぶる音――

「…生まれた――帰って来よった…」

「…いま、なんて?」

マヤにその独り言を質され、トウジはハッと我に返った。

「え？　ワシなにか言いました？」天啓のように聞こえた。

彼女は慌てて内部を再スキャンするが、ノイズの奔流に叩かれていた走査アレイの解像度は半分以下に機能低下し、像がはっきりしない。

「だって今……！」

――ドウ……ン！――マヤはびくりとし、周囲のものがビリビリと揺れる。

修理よりは、もうスクラップかもしれないそのスキャナーが切れ切れに内部を写す。

内部に再び境界が生まれていた。新たな形、新たな役割分担を始めた初号機の体内は、落ち着いて上手く安定し始めていた。

――ドウ……ン！――

境界を境にして、ある場所は骨格となり、ある場所は筋肉となった。

かつて初めてシンジが初号機に載って戦った際、ビルの窓に映った初号機ボディの顔を、シンジがよく見ようとして瞳が生まれた。

エヴァのボディは万事がそうだ。

ヒトの構造に習って人型なのではなく、その場でヒトの、人間の模倣をする。

血など流れてない無機物のくせに、切られれば血を吹き、有機物のように腐敗もする。量子テレポートで百mを超える巨大な全身くまなくとゼロ時間でつながり、まるで神経網があるように振る舞うことで二m弱の小さなヒト並み速度で反応する。

——ドウ…ン！——

「干渉波って言うけど、これはまるで…」

そして今また心臓など持たないくせに、S^2機関跡が鼓動を打っていた。

破滅と紙一重の再生の大河は、ヒトの力を借りて整流され、いま脈打って胸に納まった。

——ドウ…ン！——

いまでも十分に恐ろしい音を立てている。

いま外界ではエンジェルキャリヤーが襲来し、弐号機が苦戦している。避難途上の市民も多く巻き込まれただろう。戦自の兵も——

だが皆なぜか高ぶって微笑み、笑いさえ漏れていた。たぶん理屈ではない、なぜなら。

——ドウ…ン！——

それは原始的なリズム。一番最初に生まれたリズム。

——ドウ…ン！——

間近で見る打ち上げ花火のような衝撃、トウジも鼓舞され極まって吼える。

「威勢ええやんけ！　うおお〜〜っ！」

——ドウ…ン！——

鼓動に合わせて誰かが手にした工具で手すりを叩き始めると、あっという間に皆が続き、すぐ全体に広がった。技術部だけでなく科学部スタッフも加わり何かを鳴らす。

——ザーン——ザーン——ザーン——

アスカが聞いたこの音を、発令所でミサトも聞いた。

「何なの…？」

別棟で耐爆制震構造のこの場所、聞こえるはずはない音が遠く近く響く。

——ザーン——ザーン——ザーン——

まるで原始的な祭儀のような興奮の中、初号機の中に新たな器官、大きく強化された骨格と筋肉とともに、果たして小さなヒト型が生まれつつあった。

レイNo.トロワがずっと伏せていた顔を上げた。

「香りが変わる…あの人が消えた…――泣いているのは――碇君?」

■舞台へ

アスカが睨むパワードエイトの照準サイトの中、弐号機に正面から迫るエンジェルキャリヤーは立ち止まる。

「!」白い巨人は、その時ならぬ音源を見た。

――ザーン――

第二ケージ。初号機はその視線を感じ取ると、地中から見通すように、ヘッドバイザーを閉じたままの顔をそちらに上げた。

「動いた…!」

次に響いた音は、肩を固定していたガントリー壁のロック。初号機が体を揺すり、鋼鉄のラッチが引きちぎれる音だった。壊れるほどは劣化していなかった外部拘束機構が簡単にもがれた。

数トン単位の部品が小石のように宙を飛んで、初号機が焼いていたコンクリート壁を直撃した時、ようやく人々は我に返った。

バキバキと破壊音があふれ出す。

「みんなケージの外へ出ろ！」誰かが叫んで——全員わあっと走り出した。

「私達…なにやってたの？」馬鹿騒ぎを突然自覚し赤面するマヤを、

「それは、後あと！」青葉が強引に引っ張っていく。

「シンジ!?　お前が動かしとるンか!?」トウジが振り返って問いかけた。

「いいから出るんだ！」


「マヤ！　伊吹主任、この騒ぎはそっちなの!?」

ミサトが第一ケージと連絡を取ろうとしたその時だ。ミドルデッキのスタッフが叫び、ミサトが見ると、ディスプレイ上、外部カメラの一つ——あれは基地の外縁部——

旧ファクトリーケージ／第二ケージ天井の耐爆天蓋が吹き飛ぶ瞬間だった。

紫の巨人が——まるで天も地も関係ないとばかりに覆いを突き破って世界に躍り出た。

「初号——機…？」


アスカの飽和電磁攻撃に、まだ湯気を上げるエンジェルキャリヤーは正面の弐号機を無視すると〝音〟が聞こえていた方向に歩き出した。

「こいつ…！」

アスカが再度通じないと解っている攻撃に出ようとしたその時、地に着いた弐号機の手が、すごい勢いで接近してくる震動を捕らえた——どっち？——小塚山の向こう。

突然、その影が山を飛び越えて現れた。大きな跳躍のままどんどん大きくなる。

——ズダーン！

地表を容赦なく波打たせ砕き吹き飛ばし着地する。

「初号機…？　シンジ…なの？」

答えはない、新装甲らしき初号機は、その見た目にかかわらず敏捷に動いた。

間を取らずに攻撃挙動に出、次の瞬間にはエンジェルキャリヤーのシールドに体をぶつけて睨み合っていた。

アスカは思わず叫んでいた。

「シンジ！　こいつはシールドも力も強い、ATフィールドを張らないとやられる！」

その初号機は動物的な突進を繰り返す。

——暴走してるの？

拳をシールドに叩き付けた——無理なのに。アスカがそう思った時、シールド境界面がバチバチと光って初号機の腕が潜った！　キャリヤーの顔面をつかみ——

「えっ!?」——どういう事!?　驚く間にそのままキャリヤー顔面を握りつぶした。初号機の拳や腕装甲のサーフェスが光り、干渉縞が体に沿って次々に走った。

「なに…？　体の周囲じゃなく、体の形にATフィールドを生成してるの？」

そんなことが出来るとは思えない、
仮に出来たとして、自分の動きも制限してしまうはずだ、なぜ動ける!?

キャリヤーは顔を潰されたくらいでは怯まず、杖状武器を振るう。それをかわして初号機の巨体が軽々と跳ね上がる。蹴られた地面の方は巨大な水柱のように爆散し、途方もないエネルギーが加えられたと喧伝する。

——本当にこれエヴァなの…？

上から飛びかかられたキャリヤーのシールドは耐えたが、シールドごと本体も倒され、地面でワンバウンド、その衝撃は凄まじく、次に初号機がシールドの上から踏みつけた時には、先の衝撃で地面は液状化しており、キャリヤーは半分以上地に埋もれた。

「むちゃくちゃだわ」

発令所も危険と感じたようだ。『アスカ、その初号機と距離を取って！　こちらの呼びかけにも答えない、敵味方区別なく襲う可能性があるわ』

——そうなの？　でもさっきから響いているこの鼓動は——アスカの胸の鼓動も釣られるように大きく

なったよう感じる、共有――共感…。

同じリズムを刻む者。

キャリヤーはシールドで自分のまわりの土砂を跳ね飛ばし立ち上がる。

アスカはその時、今回のエンジェルキャリヤーの形状、エヴァのような肩のパイロンの中、黒い紋章のようなモノが赤く発光するのを見た。左右の肩にひとつずつ…。

「…あ」

――あの肩の赤黒いプレート…

シンプルな紋章のような赤いライン、そこから漏れている赤い光にアスカは見覚えがあった。以前見たのはジオフロント、最初に倒したエンジェルキャリヤー…。

サキエルが入っていたマユの奥が…赤く光って――

「…!」それが今回の敵は二基ある!? 両肩に!?

彼女は思い立ち、弐号機は反応し起き上がる。

次に初号機がキャリヤーに飛びかかった瞬間を狙って左から――右手には杖状武器を持っている――

反対側から回り込んだ。内蔵電源はあとわずか。

そのときはすぐに訪れた、正面から初号機に飛びかかられたキャリヤーは、杖状武器にシールドを乗せて左から右へと薙ぎ払ったのだ。

――やはり初号機の方に集中してる――

「――運も実力！」ガラ空きになった左肩、例のプレートめがけ、アスカはパレットライフル／パワードエイトの全弾を叩き込む。

――ゴォンッ！　残っていたのは六発だったが、レールガンならではのリロードゼロタイムの一点加重射撃、一音で全弾叩き込むとプレートは赤い結晶片になって砕けた。


初号機は四つん這いになって杖をやり過ごし、キャリヤーは振り抜いた杖をそのまま右から回し弐号機に向かって投げつけた。腹部にまともに食らいアスカは吹っ飛ぶ。

歪む視界の中、初号機は低い姿勢のままキャリヤーを蹴り崩し――何て強い――

一撃でキャリヤーの足を折った。

彼女は激痛のフィードバックの中であらん限りに叫んだ。

「シンジ！　仕留めて！」

突然シンジの視界が開けた、彼はハッと跳ね起きる。

閉じられていたヘッドバイザーが展開し、初号機の瞳が見開く――

――鮮やかで、そして醜悪な現実が、目の前いっぱいの情報量でシンジの思考を駆け上がってくる――戦況を理解する前に、戦術で体が動いた。

キャリヤーの肩に残った赤黒い――

『そのプレート！』

ネルフＪＰＮの情報通信リンクで繋がる全てのヒトが、シンジのその声を聞いた。

重い新装甲の巨体が驚く素早さで一回転し、その体の向こうから繰り出された右足が雲を引いて、残っていたプレートをシールドもろとも圧倒的な力で砕いた。

砕けた赤い結晶が血の様に飛び散る。

それが地面に落ちる前に幻のように消えた時、エンジェルキャリヤーはあやつり糸が切れた様に崩れ、地に伏した時にはもう白い巨体は三年前と同じ屍体だった。

初号機の足元で屍体は急速に劣化、崩れていく。

初号機は見回し――内蔵電源を使い果たして膝をつく弐号機が、どういうワケか少し小さく見えた。

「…アスカ、一体どうなってるの？」

『そっくり返すわヨ、その言葉』

＃3惑星絞殺

■帰還

――ヴィヴィヴィ！　初号機のエントリープラグ内で鳴り出したのはエヴァ同士のニアミス警報。そしてアスカの声。

『待って初号機コードの――』

背後から走ってきたアスカのエヴァ弐号機が乱暴に初号機を追い越そうとしていた。

ドッと風が巻いて街路灯が大きく揺れる。

『箱根ＣＰから弐号機、走るな！』慌てた発令所が警告する。

『本部への進入誘導はこちらの管制に従え、戦闘時以外で踏んだり壊したりしたモノは、すべてに責任が発生するんだぞ！』

だがアスカはかまわない。思わず呼んでしまったその名を彼女は確かめたいのだ。

『シンジ、本当にシンジ!?』

ディスプレイに開いた相互通話ウィンドウのアスカは、彼女の側でも同時に開くウィンドウのシンジに一瞬ぽかんと――いやなんとも形容しがたい表情。のあと、すぐさま取り繕い、眉間にしわを寄せ睨み込んできた。

『……なにか言いなさいよ』

――なに言ってるんだアスカは…？

当のシンジは、「アスカは後方を警戒して！」

観測感度と集中力が高い正面方向を弐号機に塞がれるのを嫌ってエヴァの向きを変える。スルーしたのは、まだ警戒すべき対象がいるのではと警戒しているからだ。


状況が解らないシンジの中では戦闘が継続中だった。

彼はエヴァの全感覚を凝らすが、戦場の残留熱に、陸から空から調査と救援捜索がなだれ込み――あぁ、騒がしくて細かいエミッションが読めない！　たまらず、

「日向さん、本当にもう敵はいない？　カトルの0・0エヴァは――」

『――シンジ？』

アスカは怪訝に、そして発令所からは返信に不思議な間が開いた。

『箱根CPから…初号機コード機体』用心するような日向の声。

奇妙な呼び方をする。――あれ？　さっきアスカも…。

『レイ／カトル機は、この前の湖面戦直後ロストし、それきりだ』

――じゃあアンブッシュしてるかも、狙撃を警戒すべき…なぜ昔の話みたいに？


『シンジ君』

　ミサトの声が割り込んだ。

『外部リンクが復旧してるなら時計…カレンダーを見て』

――一体何を…そう思ったシンジ「えっ…！」驚いた。

シンジの記憶からずいぶんと日が経って…いや、跳んでいる。

シンジが信憑性に疑念を持つと、その思考を拾ったＡＩが時計を三回リセット。

作戦リンク、電波時計、ＧＰＳ衛星、読み込むたび表示が瞬いた。

だが数字は変わらない。


「…どうなってるんです？　これ」

『詳しいことはこちらで話します。よく戻ってくれた――と言いたいわシンジ君…』

　まるで長い旅から帰った者でも迎えるように…いや何かおかしい。

『ケージ二への進入コースは地下リニア送路の――』

　思考がぐるぐると回り始めて、発令所からの呼びかけが遠のき始めた、そのとき、

ヴィヴィヴィ・ビーッ！　ニアミスから転じた衝突警報に続いて、

——ドドン！

弐号機が背中を突き飛ばした。

「わあッ！」

シンジの機体、これからスーパーエヴァと呼ばれることになる新生初号機は、大きくのめり数歩踏み出した、前へ。

画像のミサトが言えなかった言葉をアスカが奪う。

『お帰りッ——シンジ』


——母さんの夢を見た気がする。

それにしても機体がどうにかなっているのか、ひどく熱い。

プラグ内の環境制御は正常。なのに感じる圧倒的な熱量は——

——ズウンッ……！

「この音、一体なに？」

シンジの正面、エヴァボディの胸方向から、その波動が響くたび、エヴァの巨体に、そしてシンジの体に熱い何かが血潮のように駆け巡る。

——ズウンッ……！

「CP、この初号機——どこか壊れてますよ？」

プッと画面の向こうのミサトが吹いた。『あ——うん、それに同意するわ』

苦笑だったが——ようやく笑った。

『それがあなたの体、あなたのエヴァよ、スーパーエヴァンゲリオン』

「…その名についてはもうちょっと話し合いましょう——ところで…何でボクはマッパでエヴァに乗ってるんです？」

■鼓動

「何でこんなにヒトが…？」放り込まれた作業ツナギを来て外に出たシンジは、第二ケージのデッキや作業足場を埋めた人々に驚いた。

皆シンジを見に、スーパーエヴァが覚醒時に大穴を開けた天蓋の下に再び集まった。この彼らが、次元の向こうに落ちかけた初号機のS^2機関を心臓として復活させた。

とはいえ、さすがにヒト一人、エヴァの中に再構成されるとは想像できようもなく、噂はあっという間に広がった。誰もが興味津々だ。

どんな魔法が起こった？　他部署の職員まで押し寄せたケージは、鳴り続けるエヴァの心音に合わせ、誰もが手すりを叩き、デッキを踏みならした。お祭り騒ぎである。

が、シンジがデッキに降り立ち、トラブルはすぐに起きた。

習慣で――着けてもいない頭のインターフェイスを外そうと腕を上げた時だ。

うわっ！　歓声がどよめきに、ようやくハッと振り向いた。

「なッ!?」

シンジが見たのは、似て非なる〝初号機型〟のエヴァ。それが上げた彼の腕に反応するように腕を振り上げ、ケージ側拘束ユニットをメリメリと壊す瞬間だった。

「スーパーエヴァ…これが！」

ゴオンッ！　と鉄骨の破断音。

飛んだ大きな破片がシンジの横、デッキを壊して跳ねた。

パイロットがエントリーしてないのに同期が続いている。

歓声が悲鳴に一転、騒然となった。

シンジは驚いて肩をすくめ、思わず自分の胸をつかんだ時、次の異変に気付いた。

「あいつ、心臓があらへンのンや」

トウジは妹を自宅に連れ帰ると、すぐネルフ本部に取って返した。シンジの復活に関わったものの、すべてがめでたしとはいかず、放り出し難くて戻ったのだ。

トウジは、Ｓエヴァ《スーパー》の再調整にかかり切りのマヤの代理で、調整室に軟禁状態の綾波レイNo.トロワを様子見に訪れていた。

レイNo.トロワには、No.カトルを暴走させた疑いが掛かったままだ。

情報部、警備部が、尋問により聞き出せたことは少なく、現在はこの科学部管轄の調整室で二十四時間モニター状態にある。

《カトルの居場所はわからない》とトロワは言った。あれ以来、各綾波間をつなぐ精神ミラーリンクは途切れ気味。ほぼ不通の状態に陥ったままだ。パイプ椅子に座る彼女の表情は相変わらずで、現状が苦痛か平気かすら読み取りにくい。

その人形のような顔に――そろそろまばたきしたらどうやねん。

トウジがそう思った時、ようやく長いまつげが刹那、赤いルビーのような瞳を遮った。

「心臓がないのに生きてるの？　碇クン」

「せや、ないのに血が巡る――ドクン、ドクン、ドクンてな」

「ドクン――」綾波No.トロワの唇がひくりと動いてトウジの言葉を反芻した。

「スーパーエヴァの胸には〝心臓〟があるんや、S^2機関がカタチ変えた…」

「スーパーエヴァ…？」

「せや、スーパーエヴァ」


カフェテリア。

アスカがマヤの進路をふさいだ。

「シンジとエヴァが合わせて一つってどーゆー意味？」

「言葉通りよ、それが物理的に起こってるの」

トレーのサンドイッチを紙袋へ。彼女はそのままケージに戻る気だ。

「ちょ☆　ちょっとっ…！」

がちゃん！　アスカは昼食が載ったトレイを手近な所員に押しつけた。

デニムのショートパンツの高い腰から繰り出すストライドでずんずんとマヤを追う。

アスカの前にはマヤのつむじ。この三年、いつ彼女の背を越したか。

だが前を行くマヤはが思いのほか早足だ。

——エヴァはエヴァ、シンジはシンジ、一つじゃないわ。

アスカは何とか意味を解こうと試みる。

ええとつまり——

「今のシンジがエヴァから生まれたから?」

「それもあるかも」

「エヴァとシンジ、二人で一人の心臓になっちゃったから?」

「あるかもね」

——あのね!


意を決したアスカは、自分も覚悟のいる単語を口に食い下がる。

「夢見るマザコンシンジが——その…お母さん…の影が消えたって——」

これは自分の機体、エヴァ弐号機の出自にも将来にも関わることだ。

アスカも自分のエヴァの中に、何か独自の意思のような気配はたびたび感じている。

もしそれが自分の…。

——ヴィ——ッ！

　突然警報が鳴って警告灯が回る、みな一斉に走り出した。

《全区画の閉鎖を実行中です、これは訓練ではありません》

だがAI／MAGIの人工音声が報じたそれには、閉鎖の理由も、警報の種別を示すケースコードもない。

《繰り返します、全区画の——》

　ゴオン。

　待ったなしで厚い高張力鋼の隔壁が各所で閉じ始めた。

「——まさか……！」

　マヤは飛び込んだエレベーターホール、階下行きを待つ列の人波をかき分けて前へ。

「申し訳ないけれど、第二ケージ行きを優先します！」

　その白衣のポケットで端末が鳴る。

『伊吹主任！　スーパーエヴァが量子レベルで急激に不安定になっています！　測定している構造がどんどんノイズ化して——』それが警報の理由か。

「シンジ君はどこ!?」説明を遮ってマヤは問う。

どうやらそれが肝心なのだ。

『それが…目を離した隙に——』

「探して、エヴァと離しては駄目！」

——合わせて一つ…。

「！」どうやらアスカは聞きたかった答えがいま進行中なのだと気付いた。

「すぐ弐号機にエントリーなさい」とマヤ。

「シンジを探すんじゃ…!?」

「エヴァの保有状態を継続することもあなたの仕事、この箱根を中心に本州が二つになる様な惨事が起こっても、稼働中のエヴァの中にいれば助かるかも」

「そーゆー種類のトラブルなんだ」

「〝誰か〟が初号機の中にいた、いままでは。——その話、真実かもしれないわね。いまシンジ君がその役に就いて、同時にヒトの姿も忘れられず二重に存在しているとしたら」


到着したエレベーターは第二ケージ直行に切り替わって扉を開く。

マヤと同じ色のパスを付けたスタッフがなだれ込み、彼女はもう見えなくなった。

発令所では第二ケージからの通報を受け、スーパーエヴァが心臓／高次元の窓もろとも崩壊する最悪のシナリオの検討に入っていた。

「Sエヴァとシンジ君の存在が希薄になってるってどういうことだ？」

「その説明はあとでいいわ！」とミサト。

「日本国政府に、午後から始めるつもりだった避難市民の帰還を中止すると伝えて。最悪をどの程度にできるかを考えなければ…皆の意見をちょうだい」

『伊吹主任、第二ケージに到着』

「アスカは⁉」

『いまケージに着いたトコ！』衣擦れとスーツの減圧音越しにアスカ。

　同時に弐号機のステータスモニターが《スタンバイ》に切り替わる。

「よろしい、弐号機は第三新東京市街側に出すから都市部をATフィールドで守って」

『そんな無茶な…ミサト、シンジは⁉』

「こちらで見つけるわ」

『せめてレイのF型零号機も寄こして！』

アスカはどさくさにトロワの軟禁を解かせ、ミサトもすでにそのつもりだ。

「——レイ…トロワはまだ調整室？」

「それが…」

答えたのは発令所内のアンダーデッキ、青葉配下のオペレーター。

「レイNo.トロワに関して、ビジターパスの準関係者から意見具申が…」

ネルフＪＰＮ本部の外郭を成す巨大な円環施設の上に、馬の鞍状に乗せられた複数の装甲ブロック。その一つ現在南西側に位置するブロックは、主にアンテナ群からなる構造体。その外部の点検階段を登っていく小さく白い人影が、術衣姿のシンジだった。

「ああ…大騒ぎになってる」

弱い風の中、警報が市街のビルや外輪山の間をこだまになって跳ねていた。

おかしなもので、人間のっぴきならない時ほど、何気ない普通の出来事や風景が素敵に見えたりする。

いまシンジには風が気持ちいい。

——なんでこんなコトになっちゃったんだろう…。

彼の胸、心臓の位置にはなにもなかった。

動脈はそこから現れ、静脈はそこへと消えている。他の血管や神経、周囲の組織はそこへ向かって霞んでいく境界のボンヤリした空白の場所。

初めて会う理論物理学者、青葉の行っていた大学の助教授という怪しい男の話によればこうだ。あらゆるスキャナーの不可知領域になっているそこが、エヴァとの直接的な接点。そこを通してエヴァと一つの〝心臓〞を共有しているのだという。

わけが解らない。

科学部は宇宙の不思議をシンジの体に見いだしたが、彼自身はそんなものになりたいと思ったことはない。


なんだか初号機に心臓を盗られたような気がした。

いや、それ以前にエヴァに再構築されたという自分は本当に自分なのか？

そう思い始めると、三年前のゼルエル戦後、高シンクロでＬＣＬに形が溶けた以降の自分すら怪しいと思えてくる。

混乱する頭を振った。そして風に向かって言う。

「ボクとエヴァは〝繋がってる〞とか言うレベルじゃなくて、量子的に、完全に一個体なんだってさ」

口に出して言ったのは独り言でなく、鉄骨の階段を上ってきたトウジとトロワに気付いたからだ。

「これだけ大騒ぎになるんだから、たぶん間違いないんだろ?」

丸い本部施設の〝十一時〟辺り、穴の開いた第二ケージの天蓋が時計回りに移動を開始。隣に位置する北西対空ブロックも後を追うように環状レール上を動き出す。

崩壊が予想されるスーパーエヴァの第二ケージを封じるため、北西対空ブロックが移動、破れている天蓋の代わりにケージの上に座り込むのだろう。

対空ブロックは誘導弾の気密パッケージをコンテナカーゴでグランドデッキに次々放出し始めた。同時に天のあらぬ一点に向けて轟然と砲撃、爆発物を捨てているのだ。


鼓膜がどうにかなりそうな大音響に、トウジは思わず耳をふさぐ。

「スーパーエヴァと離れるとどうなるンや!?」

「不安定…いや不確定って、マヤさん言ってたかな」

「ああ!? よう聞こえん!」

「存在が不確定になって消えちゃうって!」

ただ消えるだけで済まない事は、Sエヴァとその〝心臓〟の建造に力仕事で参加したトウジにも――

アレが解放されるンか…。マズイ想像がすぐ付いた。

「そりゃ――アレか!? つまり……」

言葉を選んでいるときだ。動いていた遠景、射撃を続ける北西対空ブロックが、ドオンという音とともに不自然に停止した。

まだ第二ケージの破口部を塞ぎ切っていない、動かない巨大な対空ブロック。

止めている――突き出した腕が……。

「!」

軌道ホイールから火花が上がって、重量一万トンクラスの対空ブロックがググッと押しのけられた。

邪魔者を押しのけた腕は、開口部のフチ、レールに手を掛けると筋繊維がグッと膨らみ、ドンッと衝撃を伴ってその体を一気にケージから引きずり出す。

飛び出すスーパーエヴァ。宙で一回転した巨体は、地響き立てて着地すると身を翻し、

――ガゴォンッ! 対空武装ブロックを叩き始めた。

同ブロックが残弾投棄しようと撃ちまくる射線にもろに体を入れ――エヴァのボディに弾かれた無数の跳弾とその破片が、グランドデッキから遠くは第三新東京市街にまで飛んだ。

「射撃やめさせて!」

発令所でミサトが叫び「投棄中止！　中止だ！」射撃は慌てて停止された。

「伊吹主任、どうなってるの⁉」

——ガーン…ガコーン…！

装甲建造物を叩き続ける音が発令所まで聞こえてくる。

『アスカのレポートにもありましたが、あの機体は——自分の体の形で正確にＡＴフィールドを形成してるようですね…思惟存在の器、ＡＴＦ理論の理想に近い——』

「そんなコト訊いてるんじゃないわ！」

対空ブロックは叩き続けられ、破損しながらも耐えていた。

スーパーエヴァの打撃はただ闇雲でインパクトが集中していない。

それは見れば誰にでも解る——混乱している姿だ。


「もう、ワケが解らないんだ！」

暴れるスーパーエヴァを遠景にシンジが叫ぶ。

「自分が、自分かどうかも——消えちゃいたいのに‼」

「本当にそう思うの？」

疑問を挟んだのはトロワ——綾波だった。

——ドンッ！　ズズンッ……！

「初号機……スーパーエヴァは迷ってる」

「ボクが来いって言った、思い通り動くのなら——念じたんだ！」

「ちがう、——アレは碇クン、もう一人のアナタ。死にたくない、消えたくないもう一人の碇クン……！」

ゴオッ！

彼らの立つタワーを大きな影が陽を遮って飛び越えた。

綾波の言葉にカッとなったシンジ、ダイレクトに反応したスーパーエヴァがグランドデッキを蹴ってこちら側へと大きく跳躍。巻いた風に、綾波は体を持って行かれそうになり、ズンと地面が跳ね上がり三人とも手すりにしがみつく。

両足が浮くほどの大きな縦振動を引き起こして、スーパーエヴァが着地した。

「エヴァも自分だって逃げずに認めて！」

トウジの後ろの綾波はシンジに言葉を突きつけ続けた。

「あなたは投げ出してはダメ、三年前この世界を決定したのはあなた」

その言葉に衝動的に反応したのだろう。シンジがハッと気付いた時には、タワーの向こうからスーパーエヴァが綾波につかみかかっていた。

それはシンジの無意識、真実を突きつけられた憤り。

日常の時々で誰でもとっさに覚える怒り、攻撃衝動。それをほとんどの人は自制し置換なり昇華なりすることが出来る。

だが、それがエヴァという形で表の世界に現れていたとしたらどうか。

「！」トウジが綾波を背に隠す。

ガアンッ！

まるで見えない球でもあるかのように、トロワ達の周囲でスーパーエヴァの右手の五指が何かにぶつかり止まった。

それはトウジを〝もう握りつぶせない〟シンジのトラウマの形だ。

かつて自分を握りつぶしたシンジの後ろめたさを、トウジはあれから三年間ずっと感じてきた。だから一応そうなると読んだとはいえ——今の行動は賭けだ。

張った気が抜けてよろけるトウジ。

「ちびるかオモたわ…」

綾波は後ろから彼を支えようとしたが、トウジのがっちりした体を受け止めきれず、一緒にぺたんと座り込む。

熱していたものが一気に冷えた。

あわやの未来にシンジは顔を両手で押さえてうずくまる。ぞっとした、回避できたものの綾波とトウジを殺すところだったのだ。

「誰もいない所にスーパー…エヴァで行くつもりだったのね」

シンジは顔を伏せたままだ。

「碇クン——ワタシのようにして…みて」

「…?」

突然で、この綾波レイNo.トロワの言葉が意味することが解らなかった。

「まねを——するの、ワタシの」

言いたいことが解らない。トウジが頭をかきながら助け船を出した。

「〜〜綾波が、スーパーエヴァとのつきあい方に思うトコロがあって、それを教えたろて言うンや、ダメ元でハナシに乗ってみいシンジ」

シンジが見ると綾波が小さく頷いた。

与えられた知識は吸収する。だが〝教える〟という言葉が彼女の中には出てこなかった。自らが他者に対し能動的にアクションする、その上、自己の経験知識を教授するなどと言うことは初めてだったからだ。

「自分の外にいる自分を認識するの」

「——なに…？」腫らした目で聞き返すシンジ。

綾波は少し考え、

「セカンド——アスカのように言うなら、複数いる自分の〝私はプロ〟」

「あ…」

彼女は四人の綾波を繋ぐ精神ミラーリンクを言っている。でも現在それは——

「リンク不通になっててプロもなにも…」

思わず減らず口で返してしまったシンジは黙り込む。綾波がかすかに微笑んでいたからだ。

エヴァの中で感じた存在のほほえみに——年々近づいているそれが少し苦手だ。

同一視してはいけないと思うから。

「——トウジ、…ゴメン」と目を合わせづらそうにシンジ。

「かまへん、なコトより綾波センセ」

握り潰されかけたことに対し、シンジの自分に対する負債という卑怯な手を使った自覚があるトウジは綾波を促した。

「ワタシに続いて…」彼女がシンジに与えたのは言葉。

「ヒトの碇クンが、エヴァの碇クンを見てる——」

彼女が発言を区切ったので、

「ヒトの僕が、エヴァの…僕を見てる」

シンジは外国語科目のレッスンのようにリピートした。

「エヴァの碇クンの目が、ヒトの碇クンを見てる」

「エヴァの僕の目が…ヒトの僕を見てる」

たったそれだけの言葉。

だがそれは自分の容量を確認する呪文。

スーパーエヴァの盛り上がった怒り肩がゆっくり落ちて、充満していた力が宙に揮発していく。わなわな震え、激しい金属音を立てていた筋繊維のこわばりが引いて、巨体が停止するのをトウジは見た。

綾波レイNo.トロワは言う。

「四人で一人だった私が今は三人、その二人ともうまく繋がれないでいる——自分の一部がなくなる…それはとても嫌な感じなの、だから碇クンは失わないでいて」

「…ああ」

そびえるスーパーエヴァ。

その高みの頭部では、初戦闘から見開いたままだった瞳を、ヘッドバイザーがまぶたのようにゆっくり閉じて隠した。

「発令所、伊吹です、警報切ってください。一応の安定を見ています」

いつの間にか遠巻きに周囲を囲んでいたマヤら白衣の科学部スタッフ。そして警備部はシンジの頭部に照準していたアンチマテリアルライフルの銃口を上げた。

「崩れる！　衝撃に注意！」

誰かが叫んで、再びの大音響と振動。ぐらりと揺れたスーパーエヴァが両膝を着くと、もう響くのは渡る風と〝心臓〟の鼓動のみとなった。

——ズウンッ……！


レイNo.トロワが振り返る。

「誰かが——見てる……」

顔を上げると、No.トロワの視線の彼方に真昼の月があった。

■暗い川
「！」

遠く、逃亡を続ける綾波の一人、レイNo.カトルは突然見開いた。

彼女はおそらく自我を得たのだろう。だが目覚めたそれは未だに安定せず、自我の覚醒と沈潜を繰り返す彼女を叩き起こしたのは焼けるような激痛。

自分を内側から焼くようなこの痛みは何だ。

「ひゅう……ッ！」

息ができなくなって、とっさに思った。

——怖い……！

どの綾波レイも明確には持ち得なかった感覚に突如翻弄された。——恐怖。

同時に、その時ようやく彼女の０・０エヴァが、どことも知れない真っ暗な空間を押し流されるように進んでいる事に気付いた。

測位不能、全感覚器がゼロ表示。処理できない情報がパニックを呼ぶ。

身を焼かれながら、地の底の大河に呑まれてさらに深くへ流される感覚。

胸をかきむしる。

胎内に流れ込んだ黒い熱は、見つけたと言わんばかりに脳へ向かって登り始めた。

——や……めて……！

ドクン、ドクン。耳元の静脈音が脅すように鼓膜に響く。

黒い熱が強引に彼女の脳の情報をぶちまけた。

他の綾波達と共有していた記憶が脈絡なく散乱する。

散らばった言葉をそれが拾って紡いだ時、彼女の唇は彼女でない意思で開いた。

「…それ、は…許されない！　その存在は——許されない！」

それが拾い上げた言葉の中に、カトル自身は見ていないシンジの新しいエヴァのビジョンを見た。

■許す事あたわず

たとえばイメージでものをつかむ。次に現実にものをつかむ。

要するに些細な行動一つに、ヒトかエヴァかどちらの体で始めるのかを意識することを日常の癖にしてしまう訓練だ。綾波レイNo.トロワがシンジに教える複数の自分とのつきあい方は、そんな自己認識のくり返し。毎日毎日反復することで半月近く、シンジもようやく飲み込めてきていた。

第二ケージ作業管制室脇に、パーティションを切って設けられたシンジの仮部屋。

今日ここを引き払う。

自己認識が定着し、シンジはある程度の距離、第三新東京と芦ノ湖を擁する箱根山カルデラの内側程度なら、スーパーエヴァから安定して離れることが持続できるようになっていた。

椅子を向かい合わせに行うレイNo.トロワとの一対一のこのトレーニング、シンジが抵抗を捨てきれなかったこれも今日が最後となろう。

二人きりの状況をアスカやトウジがたびたび冷やかしに訪れたが、何よりもこのトレーニング、どうにも子供が母親にお行儀を教えられているような構図になってしまうのだ。

それはシンジが一番綾波に対して意識したくないこと。

——綾波は、綾波だ。彼はできる限り理論的思考に意識を逃がし、結果トレーニングは予想より順調に進んでここまで来た。

「最後におさらい」とレイNo.トロワ。

「たとえばヒトは本を読みながらお茶を飲める、意識には無数の階層があるの」

理屈はそうだが個々を意識していたら、かなり煩雑なことになる。

「綾波はもっと多くの〝自分〟とこんな事やってたんだから凄いよ」

「碇クンにだって今はヒトの体とスーパーエヴァの、合わせて四本の腕があるのだから…」

パイプ椅子で向かい合うNo.トロワの言葉は突然途切れた。

「……」

トロワの目は、彼より遠くでも見るように焦点が定まっていない。

「綾波…？」

「…失敗を演じた者達…早々に舞台から去れ」

突然そう言われたシンジは——きょとんとするしかなかった。

「…え、なに？」

その危うい視線のまま、シンジにすうっと伸ばされた彼女の両腕。

思わず背もたれいっぱいに逃げ、パイプ椅子の脚がガシャンと鳴った。

シンジの胸の上を綾波の両手がまさぐる。何かを探して——

「——ひゃっ、ちょ…、なに!?」

——これも訓練!?　うあ…マズイ——

高ぶってスーパーエヴァが微動し始める感覚が知覚できた。

慌てて集中。

——個々の行動を意識、意識…！　ボクの体は動かない、でも心臓はどきんとする…。

背後、耐圧壁で隔てたケージで、スーパーエヴァの心臓が——ズウンッ…っと鳴った。

——心臓！　気付いた、綾波の動作は心臓を探している!?


なぜかぞっとして、胸の上を這い回る白い両手をつかみ上げた。

だがトロワは呪文のように言うのだ。

「その鼓動…ない、あってはならない」

「？　綾…」聞きかけたとき、

——ド——ン…！　テーブルの上、水の残ったコップが踊る。

地震？　でもこの建物は全館フローティング構造で…。

——ド——ン…！

二度目の地響きで、とうとうコップがひっくり返った。

「何の振動？　出た方がいいのかなトロワ…」

「世界は——再生される…」


遙かに聞こえるようなその地響きは奇妙だった。

聞いた誰もが宙を見上げるのだ。施設の外や、ようやく全市民が帰還した第三東京市街でも、人々が見上げた視線の先には三日月顔の月があった。


警報が鳴り、メインスタッフを発令所へ呼び寄せる。トラブルの月ではなく、

「軌道上0・0エヴァに異常、二番機三番機の綾波、No.サンクとNo.シスの様子が…！」

昼間から夜間にシフトが切り替わる合間、自室に戻っていたミサトが発令所に戻る。

「ボイスをスピーカーに出して！　どういうこと？　眠らせてあったはずよね」

「代謝低下させて冬眠状態でしたが突然――」

軌道を周回する二機の0・0エヴァのパイロットはレイNo.サンクと、五、六歳児にしか見えないレイNo.シス。

唇がかすかに動く二人の動画に音が乗る。

《…過つ…失敗を演じたヒト…者達…早々に舞台から去れ》

現在宇宙に残っている二人の綾波がディスプレイの向こう、そろえるように同じ言葉を口にしていた。

――ズ――ン…！

発令所が揺れ、コンソールがキシキシと鳴く。

「この振動、震源はわかった？」鬱陶しそうにミサトが訊いた。

「それが…特定出来ません」

下層デッキの気象スタッフ数人とミドルデッキの青葉が困惑の表情。

「世界中のあらゆる場所で――」

「――？　ちょっと、世界ってナニ!?」

メインディスプレイ上、ユーラシア北米南米豪州欧州アフリカの地震計群、それらよりさらに広い海洋のノードセンサーからの震度データがグリニッジ標準時で次々にレイヤーされ重なり、ノイズを取り除かれていくと、一定間隔のパルスが残った。

それを指して青葉が言う。

「ええ、全世界で同時に観測してます、が——その…タイムラグがないんです、二次反射や伝播の振動をすべて取り除くと縦波のみで強度も同一…」

「そんなバカな…！」

「惑星物理学的な振動じゃありませんよコレ」

日向が軌道上の方のトラブルを続報。

「葛城指令、サンクとシスの脳波は同期してます、見たことないパターンですが、どちらもスレイブ時の兆候が！」

同じものに感応してるというのか。

綾波間を繋ぐ精神ミラーリンクが復旧した？　なら、操っているのは——

「トロワ綾波は今どこ!?」

『彼女じゃありません』ディスプレイからマヤの声。

シンジに異常を知らされ、駆けつけた彼女は、レイNo.トロワの脳活動モニターにすでに取り掛かっていた。

『アルファ波増大、トロワはさせた方じゃありません、彼女も感応した側です』

「美人科学部主任の見解は？」

『この子達、何者かに侵食されてますね』

「――精神汚染…？　姿を消してる綾波カトルが侵食源の可能性は？」

『コレ見たことのないパターンです、人間だったらとても正常とは呼べない――カトル固有の波なら見ればわかります』

「違うか――」

『あながち違うとも…カトルがその存在に侵食されて、トロワ、サンク、シスに思考伝染してきている可能性があり――』

――ド――ン…！　また地響いた。

「対空監視から緊急です！」

「…何なの今日は」

突然全ディスプレイが端に追いやられ、あばたの星の画像が大きく滑り込む。

「月面、聖遺物０１特別監視区画に異常！」

「なんですって!!」

そこには最大のタブーがある。


本部施設タワーのテレスコープが、月が昇るたび必ず追いかける座標がある。

それは世界中が常に監視を怠らないオブジェクト〝ロンギヌスの槍〟。

先日弐号機が奪われた槍は、本部戦時、量産型エヴァの兵器に偽装して持ち込まれた聖遺物01ダッシュ／ロンギヌスのコピーだ。

その槍のオリジナルは、かつて綾波レイの零号機が使徒アラエルの迎撃に空へと投擲し、遥かに飛んで月の危難の海に突き刺さったまま久しい。


それが月に落達した衝撃で作られたロンギヌスクレーター。

その丸い傷跡の中心に三年前からその槍は突き刺さったままのはずだ。

はずだった。

「何なのあれ！」

いま巨大な腕が、その二重螺旋の槍を掲げる。

黒い鎧をまとったような巨人だった。

腕を振り下ろし槍の石突きで月面を叩く。

――ド――ン…！

その正体もさることながら、

「ちょっと待ってウソでしょ？　月の振動がここまで伝わるわけが…！」

初めて目にする黒い大きなヒト型が月の地面を突くたび、聞こえるはずのない空間と距離を超え振動が届いていた。

――ド――ン…！

そして綾波達のクチが伝えるのだ。

《…失敗を演じた者達…早々に舞台から去れ》

「！　まさかアイツが…！」

レイNo.トロワがシンジの押す車椅子で科学部長のマヤと共に発令所に入る。

朦朧とした様子のトロワ綾波は、腕を肘掛けに拘束されていた。

彼女と、ディスプレイの向こう、軌道上二人の綾波、計三人が同時に口を開く。

《大洪水から再び…舞台は再生される――計画がなしえるまで何度でも…》

「――計画……？」

「国連の安全保障理事会が〝アテンの鉄槌〟の軌道封印解除！」

「……！　早いわね」

アテンの鉄槌はロンギヌスの番犬。月の向こうの重力均衡領域Ｌ２に留め置かれ、核パルスエンジンにて大加速突入する対使徒質量兵器。

ネルフＪＰＮが独自色を強めた結果、本来ネルフ唯一の上部組織である国連が、ＪＰＮに頼らず直接運用できる使徒殲滅システムとして、その鉄槌は設けられた。

真相はネルフが槍を再び保有することを阻止するためともっぱら噂の鉄槌は、正しく人類の敵に向かったという。

——早いもなにも、三年もの間、これに備えていた私達が出遅れるとは！

いや、誰がそれを担おうが構わない、倒せるのなら。

あの槍に手を掛けた以上、敵対存在かどうかなど関係はない。

「ウチの0・0エヴァは迎撃に向けられる？」

じれてわかりきってる事を聞いてしまった。

「二人の綾波があの状態では…投薬量増やして、一度強制昏睡させればあるいは——」

それでは正常覚醒する保証はない上、何より間に合わない。


画像が空気ブレの少ないシャープなものに置き換わった。

「ハワイ、マウナケアからの映像です」

月面の黒いヒト型。

ロンギヌスの槍の全長から逆算すると、黒い巨人の頭頂高はエヴァの1.3倍ほど。

後背には地面から頭頂を超える高さに至る二枚のプレート。

頭の後ろに細く光る金のリング。全体が重々しく黒い鎧。そのあちこちには表面の模様が赤く光る黒いウロコがいくつも——

即座にＡＩ／ＭＡＧＩが反応した。

[ライブラリーから警告。既知の敵性存在との一致形状多数]

『…あのウロコ！　エンジェルキャリヤーにもアレ付いてた！』

食いついたのは弐号機待機のアスカだ。

『シンジも見たでしょ!?　私からまんまとコピーロンギヌスを奪った張本人はアイツかあッ!!』

激昂するアスカの声に弾かれ、シンジは不安げにメインディスプレイを見上げる。

「あれが――敵…？」

やや離れた場所で彼の心臓がズウンッ…！　っと拍動し、彼はぶるっと身震えた。

まるでそれを聞いたように綾波達、

《時の…羊皮紙にその鼓動…書き入れてはならない》

「！」

ディスプレイの二人の綾波、そして背後から一人の綾波が同時にシンジを言葉で囲む。

――ドーーン…！

遙か月で黒い巨人がロンギヌスを打ち鳴らす。

汗が噴き出しのどをゴクリと鳴らす。発令所スタッフの全員がシンジを見た。

『あらすごい、ご指名じゃない』とアスカ。

ハッとしてシンジ、「やっぱり敵――なんだ…」

『情けないオトコね、文句の一つも言い返しなさいよ』

「え？」

『ウチの青髪娘達と繋がってる糸電話は一方通行かどうかって言ってンの！』

綾波達が、あの黒い巨人の代弁者となっているなら、逆はどうかとアスカ。

「伊吹主任？」ミサトが疑問形で呼んだマヤは、可能性ありと頷く。

マヤは手近な補助ブースのパワーを入れたが、必要なものを忘れたことに舌打つ。

「地上支援スタッフ鈴原、発令所に入室しまぁす！」

その手にマヤの携帯液晶を掲げ、トウジがエレベーターから現れた。

「お届け物に――って、なんじゃ？　あの黒いの！」


「何しようって言うんだ」

振り返ってシンジは、車椅子に縛り付けられているレイNo.トロワに聞いた。

《失敗を招いた演者に――舞台からの…退場を求める》

ディスプレイにはきらめいて猛烈に流れる文字群。

綾波達によって紡がれる言葉は全て、ＡＩ／ＭＡＧＩに流し込まれ、一語増えるたびに数万の類推と演繹が実行されては消えていく。

《…箱船が――新たな舞台に演者を…運ぶために…》

ＭＡＧＩが次々導くのは宗教神話の項目。

「終末」「末世」そんな宗教文学的世界の終わりを意味する単語が、瞬いて消えずにディスプレイに留まり始めた。

クリスチャンのスタッフが思わずつぶやく。

「主よ、いずこへ向かわれる《クオ・バディス》?」

思わずミサトは言い放つ。

「あんな神様いるモンですか!」

「傾注!　ロンギヌスが…!」

綾波達の言葉の向こう、遥か月で見たこともない光景が始まった。

ねじれて二叉の穂先を成すロンギヌス。

「!」その瞬間、あっ、と一同は口を開けて固まった。

その螺旋がほどけたのだ。

画面に釘付けの一同が驚いた一秒あまりあとに、ズズンと空気が震えた。

「今のは重力波動です！」とマヤ。

「何かが開いた…ロンギヌスを〝莫大なエネルギーの糸が螺旋の向こうにたたまれた状態〟とする説はありましたが…コレが！」

ほどけた螺旋は一本の輝く直線に。

「投げるぞ！」誰かが叫んだとき、黒い巨人が振りかぶる。

その全身をしならせ輝く槍を投げた、こちらへ向かって――地球へ！

その巨人の動きに合わせるように、突然すごい力でレイ№トロワが肘掛けにくくられていた右腕の拘束テープを引きちぎる。

ガタンッ！

驚いたドア近くの警備が対応を躊躇する間、シンジは自分に前のめり、車椅子ごと倒れてきたトロワ綾波の肩を支えた。椅子に拘束が残った左腕が折れそうにきしむのもかまわず、彼女の右手が再びシンジの胸にピタリと当てられる。

《世界は環の中、原罪を解くその時まで外と繋がること…ならない…！》

「――ゲンザイって…何さ？」

《人類…補完――計画》

次の瞬間、シンジの背後がぱあっと明るくなった。

ディスプレイの月面で大閃光。

複数のテレスコープ画面が同時にホワイトアウト、月周回衛星の画像はブロックノイズにかき乱れる。すぐさま濃いフィルターに切り替わった光景は、巨大な逆円錐の爆煙が月面に立ち上がり、巨人の姿を呑んでいた。

アテンの鉄槌が着弾したのだ。

地球公転軌道に近いアテン小惑星群から選ばれた六一〇〇トンの小惑星の弾頭。
月の向こう側六万kmあまりのL2点から三重水素ペレットの連続核爆発で自らを突き飛ばし、秒速一〇〇kmに達した鉄槌の衝突エネルギーは実に1・25ギガトン。
沈んだ西日に照らされる夜空の三日月は、突如満月並みの明るさになった。
黒い巨人を倒せたか？　姿は確認できなかった。だが、
《退け汝、成すべきことを成さざる者…疾く舞台より去れ、世界は…新たな舞台の構築に歩みいる》
言葉が綾波達の口に残し、最後をこう結んだ。
《繰り返される…原罪の時環から…次こそ世界が解き放たれんことを》

何者とも知れない巨人は無音の闇に広がり続ける微小粒子の爆煙に姿をくらませた。

だが終わっていない。宙には飛翔を続けるロンギヌスの槍が…。

「槍の軌道計算！」ミサトがすかさず命じる。

「クソッ！　鉄槌の影響でノイズが…！」

青葉は毒づいたが、それでも宇宙では針より小さなその槍を捕らえた。

「軌道、地球命中コースです！　概算で――ちょっ、何でまだ加速してる!?」

投げられた槍は どんどん速度を増していた。

「違う波長の…野辺山のデータもこちらにくれ！」

月面の粉塵舞うばかりの画面を背に、トウジが車椅子を支え、シンジがトロワを起こす。

――ヒト型の敵なんて…。

「あれじゃまるでエヴァだ」

そのつぶやきを聞いたミサト。

――そう思うのはきっと一人や二人じゃない。

インカムを手にするとマイクで発令所の全階層に伝えた。

「黒いあいつの呼称をアルマロスと定めます、発見時にさかのぼって全記録を修正！」

トウジとシンジはきょとんとする。――もう消えてるのに？

彼らは情報伝播の恐ろしさを知らない。

「情報部は直ちに外部情報の誘導統制開始、黒いエヴァというイメージを、堕天使の名称で塗りつぶしなさい！」


「碇クン――私……」先ほどまでの奇妙なトランス状態とは打って変わって、綾波レイNo.トロワが震えている――いつもの表情に戻っていた。

アルマロスの精神干渉が消えた……？　その途端だ。

『ワタシはアナタじゃない』

『アナタはワタシとは違う』

ディスプレイの中、軌道上の綾波二人が堰を切ったようにしゃべり始めた。

『ワタシはワタシの判断を大きなワタシにゆだねるコトを拒む』

『ワタシはワタシのイメージを混ざり合うワタシに決めさせない』

それを聞いたトロワがぎくりとした。

『ワタシはワタシ』

『ワタシもワタシ』

軌道上0・0エヴァ、二人の綾波が覚醒した?

黒い巨人の影響がなくなったのなら――とミサトは直ちに指示した。

「0・0エヴァ二番三番機、再起動急いで!」

「それが…受け付けません――伊吹主任!?」

「三人の思考の同期がまた取れなくなってきている――でもこれは…」

次々サンクとシスのバイタルとブレインデータを開き始めた。

「――これは精神リンク切れで広がっていくズレじゃない…」

「マヤ、状況を簡潔に、すぐにでもロンギヌスの迎撃態勢を取らねばならないの!」


『ワタシは他の誰でもない』

『他の誰かはワタシではない』

二人の言葉はただ吐かれるだけでなく、ある一人に向けられていた。

彼女達の主体である綾波レイ、No.トロワ。

『ワタシは判然としないワタシのアナタとは違うモノ…固有名No.サンク』

『ワタシはカタチが見えないワタシのアナタを外から見るモノ、No.シス』

ついにサンクとシスは、同じ自分であるトロワをアナタと呼んだ。トロワは二人の視線に身をこわばらせる。

「ワタシは〝アナタ〟ではない…のに――」トロワは両手で耳を塞ぐ。

「ワタシには…ワタシの中に、アナタというワタシと、アナタというワタシを見いだせない――なぜ…？」

マズイと感じたマヤ。

「シンジ君、すぐトロワを押して彼女の調整室に移動、私もすぐ行くから！」

マヤはミサトに近寄ると耳元で小さくつぶやいた。

「このズレはリンクが途切れて広がっていくズレじゃありません、相手を押しのけて自分の形を作ろうとしてる」

「どういうこと？」

「No.サンクとNo.シスも自我覚醒してしまった可能性があります――No.カトルみたいに」

思わずミサトはコンソールを叩いた。――こんなときに！

シンジ達を追おうとしたトウジをマヤは呼び止める。

「鈴原クンは私の代わりにそっちの補助ブースに入って、サンクとシスの状況を調整室の私に中継してちょうだい」

「はぁっ!?　ムリッ、無理ッスよ」

トウジは手のひらをぶんぶん振ったが、マヤは行きがかりの少年に無茶を言ったわけではない。トウジは正規パイロットに養成される際、コマンドポストとの応答に慣れるため、CP側でパイロットを管制する訓練もしている。だが三年前の話だ。

「一人が三人になりかけてるの、私一人じゃ手に負えないわ、おねがいね」

そういうとマヤはトウジが呼んだエレベーターに消えた。


ローデッキ通信ブースの若いスタッフが、集中する問い合わせに異常を感じ発言。

「各国の天文台や国防機関が槍の全長に関しくり返し問い合わせてきます！」

それは青葉の管轄だったが「何でさ」と答えた青葉の横で日向が反応。

「じゃ、やっぱりこれ、伸びてるのか！」「——なにっ!?」

日向はスピーカーに切り替えてトップデッキに伝えた。

「槍が伸びてます！　槍がこちらを向いていて全体像が観測困難なため、計測誤差が大きく出てると思ってましたが——数値通りなら現在全長一二〇〇ｍあることに——」

常識はどこに行った。報告を聞いてもミサトには相手の意図の計りようがないが、嫌な予感だけは確実に増大した。

「ロンギヌスが…伸びてる」しかもまだ伸び続けているというのか。

　ロンギヌスの槍の加速は秒速八〇㎞で加速が鈍り、秒速九〇㎞に達したところで速度が安定した。残る距離なら一時間と掛からず地球に到達してしまう。

「現在の槍全長六一四〇〇ｍ」加速は終えても延伸は止まらない。

「軌道に変化は？」

「変化なし、直撃コースです」ミサトの問いに日向は申し訳なさそうに応える。

　軌道を計算して投げたとしても、途中で加速や質量などが変化すれば軌道は逸れてしまう。そのはずが、ロンギヌスは途中の変化はお構いなしに最初も、そして今も地球めがけて飛んでいた。

「これはもう〝地球に飛びたいから飛んでる〟としか…でたらめですよ」

「傾注！　ロシアの攻撃衛星が槍に向けてレーザー攻撃を開始」

　月の横に光の筋、見かけよりこちらに近付いているその上で、チッ、チッと小さく閃光が瞬く。

「国連の事務局がアドバイザーを寄こすと言ってます」

「国連軍ＵＮｃｒｐの駐在武官も、着く前に槍は届いてるっつーのに」

　国連サイドは、０・０エヴァの使徒索敵殲滅ネットワークが、現状機能していないことに強い不審を持っている。

「攻撃終了」

「狙撃による攻撃評価／軌道に変化なし、繰り返す、槍の軌道に変化は認められない」


調整室の傾斜ベッドの上、レイNo.トロワは眠っている。

鎮静剤が効いたのだ。先ほどまでシーツをつかんで震えていた。

シンジにはスーパーエヴァ起動が発令された。

黒の巨人アルマロスが、あれだけSエヴァの心臓を存在否定するなら、槍の目標となっている恐れがあるからだ。

調整室から出ようとして振り返る。

「マヤさん、トロワは…」

「今度は単なるリンク切れじゃないからね…サンクとシス、あの二人はトロワを突き放したのよ、〝私はあなたじゃない〟ってね、ある日、自分の右手と左足が〝私、アナタじゃない〟って離れていったら──」

デスクのインターカムが鳴った。

『マヤさんシスが…』

途方に暮れた発令所のトウジが泣きついてきた。

「どうしたの？」

『混乱して泣き出しました、こっちの言うことナンも聞きよりません』

確かにびーびー泣いてる幼児の声がバックに響いていた。

「サンクは？」

『自分で投薬量変えて昏睡状態ッス、日向サンが言うには、状況が処理しきれずパンクする前に自分でオチたンやないかと…』

あらら、とマヤ。——サンクは逃げたか。でもシスは——

「泣くってのはいい傾向かも知れないわよ、緊急バルブから余剰圧力捨ててるようなモノだから、頑張って」こういうときは理論ではダメなのだ。

「はぁ？」発令所のトウジはぷつんと内線を切られた。

——ちょ、え〜〜〜っ？

『わあああああああん!!』

ロンギヌスの最終軌道の割り出しに混乱する発令所内にシスの鳴き声が響き渡っている。

「槍の入射角に変化は——」

『うわあああああああああん——!!』その鳴き声に、

「軌道管制の音声切ってくださーい！」とうとう他のブースからクレームが付いた。

「トップデッキ補助ブース、０・０エヴァ三番機の通信応対はそちらに集約してくれ」

そう日向に言われて、なし崩しに専任管制官になってしまった。

近くにいるミサトは、

「ロシアのレーザー衛星が動いてるなら情報を寄こして――機密!?」

たぶん国連。電話の向こうに怒鳴りまくっている。

『わあああああん〜ああああ――ピッ』

あきらめて、自分ブースのヘッドセットスピーカーのみからシス機の音が出るよう切り替えた。

「おーい、泣き止んでくれェ」

おかしい。複数の綾波は全て記憶を共有並列化していると聞いている。

打ち上げ前に彼女らを見たとき、体格差を問わず皆トロワと同じように動いて話していたのを覚えている。それに比べたら、今の状況はなんだか詐欺じゃないか。

「は〜一応綾波なンやろ？　トロワみたいしゃべらず騒がず黙ってみンかい」

つい言ってみた。

『ひっく、ジス、ドロワじゃない〜うえええええん〜！』

おっ？　とトウジ。——トロワと同一扱いされたことに少し食いつきよった。
「ああ、せやった、自我？　が出来たとかナンとか…じゃあアレや——」
引きつる満面の作り笑いでトウジ。「オメデトウさん」
『………………』
少し間を置いて返事は返った。
『…何がおめでたいの？　ひっく、鈴原トージ』
——これ、ホントに綾波か…？
まるきり妹と話してるみたいだった。いや、もっと幼いか。
興味のお手玉を左手に移せば、

右手の過去を忘れて釣られてくる。

――おンなじ知識と思考を流し込めば、同じ人間が複数出来る、普通はそう思うやろ？

だがこのあと彼は、№シスがただの幼児でないことを思い知る。トウジが送ったロンギヌスのデータに反応し0・0エヴァ／シス機、メイン推進器のＦＳＢを点火。

『うッうッうああああああ――――ン!!』

恐慌は脱したものの、彼女の思考はまだ安定していない。

実行できずに保留になっていた箱根ＣＰからのコマンドを突然消化し始めたのは、それが使命感とかではなく精神の安定を求める転位行動だと解るのは後のことだ。

シスは処理できない心理を別の行動にすり替えようとしていた。

機体全長の五倍近い逆さ十字のバーナーフレアが天を焼くさまを、地球の反対側ブラジルの天文台が青い空に捕らえた。

「シス機が周回軌道を離脱、軌道遷移に入った！　繰り返す――」

発令所のテレメーターでも0・0エヴァがロンギヌス迎撃のために軌道を上げ始めたのが確認できた。

「――おお…！」思わず日向は感嘆の声を小さく上げる。

——どうやったんだ鈴原君!?

0・0エヴァ／シス機の状態を示すボード上、全ステータスがバラバラながらも駆け上がっていくのだ。だがそのグラフのカーブが急過ぎる。パイロットの乱れる思考に引きずられ、外装型S^2機関のパワーが戦闘出力から短時間機動しか許されない緊急出力へ。

『あああああ————!!』

ブローオフバルブが行き場のないエネルギーを、蛍色の粒子にしてゴオッと機外の宇宙空間へ排出した。

それはシスの息づかいそのもの。バイタルは呼吸と心拍が異常に早い。

「0・0エヴァ三番機、シス！　いけるの!?」

——ようやく！　そう思えたミサトだが、不安はあった。槍を地球に投げてどうしようというのか。ただの攻撃なのか？　相手の意図が読めない。

だが国連からは、緊急の安全保障理事会名で飛来するロンギヌスの軌道を変えようと、ネルフJPNに矢の催促だ。巨大な重力エネルギーを持つ槍は、実際大きな被害も出すだろう。

ミサトは補助ブースのトウジを振り返る。

「助かったわ、ありがと鈴原君」

トウジはコンソールから〝もう手を離しますよ〟のジェスチャーで両手を挙げる。

挙げたものの、シスの安定をまだ見るに至らない顔は困惑気味ではある。

だが事態は急を要するのだ。

[ロンギヌス落下予測点修正、アメリカ合衆国西岸、サンノゼ]

「――人口密集地だ！」

ミサトは命じた。

「日向君、ガンマ線レーザー砲の発砲承認コードをシス機に送って。シス！　ロンギヌスを集中狙撃、欲しい効果は槍の軌道変更！」

『――うゥう――』

落ち着かない視線を定めるように、せわしなくパチパチとまばたきしながらディスプレイの向こうのシスはそれを了解した。

『ゥう――ガンマ線レーザー砲、起動しーくぇんすスタート！』

「……」

トウジがモニターするシスの脳波は、ノイズが異常に混ざり、意識消失すんでのレベルで踊っている。

それをシス自ら無視するように戦闘タスクに執着するのは、明らかに目覚めた自我が負担になっているのではないか。見ているトウジも苦しくなる。

日向の声が状況を告げる。

「シス機、影に突入！　ロンギヌスに対して地球の影、〝ロンギヌスの出〟まで七四〇秒！」

『シス…りょうかい…ぐすッ』

再び射線に捕らえるその時点で、槍は地球からの距離三万kmを切っている。

ミサトは再会敵までの秒読み画面を見た。

「攻撃するにしてもこの軌道周回がラストチャンスか…」

シスの耳に外装型S^2機関がうなりを上げるのが機体を通して聞こえる。

『えうッ、うッ――これは――楽しいと違う…めでたいとは違う！』

足元を青い天体の地表が猛烈な速度で過ぎていく。

『スーパーエヴァ／シンジから箱根CP、旧神山に入ります』

「箱根CP了解、予想通りなら誘導弾みたいに軌道を変えてくる恐れもある、注意せよ」

『弐号機アスカ、駒ケ岳射撃ポストト到着、携行兵器ポジトロンライフル、低軌道に入ってくれば当てられるわよ』

「いざとなったら頼りにしてるわ」

「電離層内でのガンマ線曲率データ最新を気象課から転送」

「〝槍の出〟まで四十五秒！」

緊張する発令所、シスが再びトウジを呼んだ。

『――ねえ鈴原トージ…みんな、ぐすッ…こんなにさびしいの？』

「ガンバレ！　…寂しいンやったら、寂しないようにしよやないか、な？」

「槍が射線に昇る！」

ミサトが号令した。

「シス！　地平線越し、大気上層かすめて、伸びた槍の鼻面にかませッ!!」


そのときはもう宇宙的距離ではなかった。星の角での出会い頭。

地球の影から現れる軌道は読めている、後はトリガーを絞るだけだ。

照準サイトが示す、丸い地平線に張り付く薄いブルーの層の一点に今――

「ぎゃんッ！」

突然シス機の前方に猛烈な閃光が次々広がった。

「^{2}N宇宙爆雷！」

日向が叫んでミサトが立ち上がる。

「どこの国の!?――シス！」

閃光にすぐさまフィルターが掛かり、実際エントリープラグ内の仮想ディスプレイで目が焼けることなどない。だが視覚から脳に飛び込んだショックはどうしようもなく、シスは一瞬の識失調に陥った。

そのせいで発見が遅れた。

五基の^{2}N爆雷衛星のせいかどうかは解らない。だがその閃光を抜けたロンギヌスは、二万km近くまで高度を上げたシス機へと突っ込んでくる。

「わあッ！」

小さな指が引き金を引く。

キャパシタにうずたかく積み上げられた莫大な電力が一気になだれ落ちる。

出力一九〇〇ギガワットのガンマ線レーザーが長大な砲身からほとばしった。

射線に沿ってかすめた電離層に、ぼおっとオーロラが湧き上がる。

命中！

すさまじい虹色の閃光がゴッと周囲へと拡散する。

だが槍は向きを変えない。

再照準、焦点を絞り込んでの再射撃。

命中！

だが槍は向かってくるのだ。

「うわあああああああああああああ――!!」

ロンギヌスは秒速九〇kmであっという間に距離を詰めてきた。

シスには再射撃することしか頭になかった。

『シス！　避けンかい!!』

手足が瞬間に反応した。地上から見ると、０・０エヴァが伸ばしたＦＳＢのバーナーフレア、十字の閃光を一筋の光となったロンギヌスが突き抜けた。

『シス！』

ぎりぎりで避けていた。

０・０エヴァのすぐ脇をロンギヌスは光の列車のように駆け抜けていく。

『あああ――ああああ――!!』

軌道を落としながら、撃てる限りの射撃を尽くすシス。

それは正確に照射され、当たるたび槍は七色の粒子を地上へと振り落とした。

それはとても美しい光だった。

『ああ——あ——あ——あ——!!』

外装型^{2}S機関の緊急出力で継ぎ足し続けても、連射し尽くされたキャパシタの電力は、ガンマ線レーザー砲の核励起ユニットを動かすレベルにもう届かなかった。

「シス機、射撃中止！　攻撃評価に移行」

日向が呼びかけたが、それでもシスは再照準を繰り返す。

「シス！　ストップや！　もう行ってしもた！　ストーップ!!」

たまらずトウジが呼びかけて、射撃の電磁騒乱ノイズで欠けるディスプレイの向こう、小さな体がトリガーから震える指を離し、肩で大きく息をする。

『ひゅう…ねえトージ——ひゅ…何が…めでたいの…？』息も絶え絶えのシスに再度問われ、トウジは考え込む。彼女は本気で問うている、適当な返事は出来なかった。

三年前、アルミサエル戦の後からの綾波レイがNo.トロワ。

トロワの、もう自分と同じチルドレンを作りたくないという意思。彼女が魂を計四人の〝自分〟で共有する思想は、要員は増やしたいという運用側との妥協点でもある。

つまりカトル、サンク、シスの三人は、トロワが自分を分けた存在だが、戦闘デバイスに過ぎないのもまた事実。そんな立ち位置の存在に、自我が目覚めてハイよかったね、なんてことが一概に言えるのか？

『ワタシと一緒じゃない——声がしない、なのにもう戻りたくない、おかしいよこれ！』

「一人の人間になったちゅうこっちゃろ？　めでたくもあり〜面倒でもあり——」

『なにそれ』言われてトウジは頭をかいた。

「まあ区切りッちゅうコトや、誕生日みたいな、今度お祝いでもしよか」

『──誕生日…』

今日ここからが彼女の人生なのだろう、それは確かだ。

アルマロスの乱暴なノックが続いた時、世界中の人々が不安で空を見上げたが、それが静まって一時間あまり、それが三十八万キロを越えてくる槍の飛翔の静けさだとはほとんどの人々は気付かず、せわしない文明社会は我慢できずに、普段を取り戻そうと動き出した頃だ。

国家機関はどういった種類の警報を出すべきかを迷う間に時間を使い果たし、一部のアマチュア天文家がネットで騒ぎ始めたが、おおかたが関心を示さなかった。

シスが迎撃し、ロンギヌスが激しくも華やかに散らした光の粒子。

アフリカ北部から欧州、ロシアにかけて、オーロラにも似た柔らかな七色の光が降ると、戸外で光を浴びた約一九〇万人が次の瞬間、塩の柱になって崩れたという。

洞木ヒカリは、姉妹とドイツのある町の繁華街に来ていた。

オーストラリア旅行中に、ドイツネルフからのスタッフ招聘を受けた。

驚いたものの、ネルフJPNはその件を了承済みで、契約は短期。あとは洞木一家の気持ち次第となったとき、アスカのいた場所に行ってみたい、そんな風にヒカリは思った。

――こっちで私がなにやってるか知ったらアスカは驚くかな。

ドイツネルフではみんながとても優しい。

職場だけでなく、どこへ行くにもガイドや高級車が用意された。

この日もロマンティックな夕暮れの町に連れ出してくれたのだ。

「すごい！　空を見て」

ディナーを予約した店に向かうために車から降りたところで、姉は空を見上げた。

「オーロラみたい…」

彼女はその言葉を最後に、美しい荘厳な光の中で塩の柱になった。

あらゆる場所から悲鳴が上がる。

追いかけるように車外に～光の中に～飛び出たヒカリ。瞬時に事態を察した何人ものＳＰがヒカリの上に、上着で覆うようにして重なりながら塩に変わった。

地上にまで達するオーロラのような光が北に去って、ヒカリが重い塩と黒い上着の山から身を起こして振り返る。

開け放ったままのドアの車内で、ＳＰに抱きすくめられた妹が震えていた。

箱根カルデラ内の駒ヶ岳射撃ポスト、弐号機のアスカがつぶやいた。

「ヒカリ…？　ヒカリがどこかで泣いてる…」

言ってから、自分の寝言で目を覚ました猫のような顔。きょとんとして、

——？　なんでそう思えるの？——

「あ」

『地震？』とスーパーエヴァのシンジも揺れに気付いた。

弱い揺れだが——長い。

弐号機とスーパーエヴァはそれぞれの待機ポイントで両膝を着く。

機動中はよほど倒れにくいが、静止時はむしろ要注意だ。つま先とひざのニーストライカーの四点で上体の重心を支える。

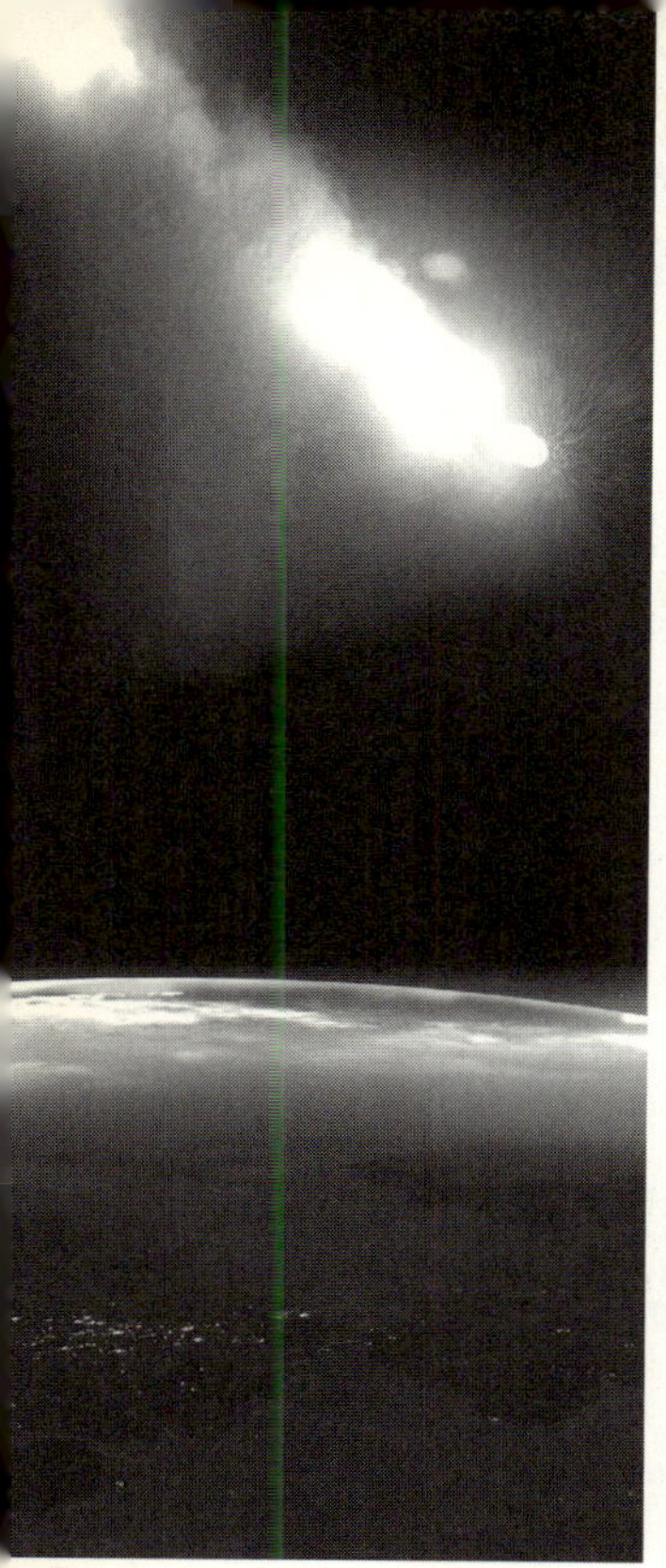

巨人達は大地に祈るような姿勢で揺れをやり過ごす。

『発令所より各部署各移動、ロンギヌスが高度二万㎞の極軌道に乗った可能性アリ！』

『キョク軌道？』

「地球をタテ回りよ」

『発令所より――注意せよ、南西の空、槍が通る』

外輪山の南西の稜線から、北西御殿場方向の稜線へ光の糸が航過した。


回り始めたロンギヌスの槍は、こののち極軌道に留まらず、高度二万㎞を保ったまま、緩やかに軌道傾斜角を変えて周回を続けることになる、毛糸の玉でも巻くように。

ほぼ同時に地球は急激な地殻の活動期に入り、各地で地震が頻発するようになる。

この日を境に地球が小さくなり始めたことに、人類が気付くまでさほどの日にちは要しなかった。重力の減少でＧＰＳ等衛星測位網が徐々に曖昧になり、通信衛星が軌道を逸脱、捉えられなくなったのだ。

ロンギヌスはその軌道で地球を締め付ける。

惑星地球はそれに耐えきれず、質量がどこかに逃げ出し始めていた。

■槍の下で

大災害ほど情報伝播の足は遅い。丸ごと失うと確認の取りようがないからだ。

北西半球で起きた大規模なヒトの塩柱化現象の全容は徐々に伝わる。

それに伴い、計画されていた槍への再攻撃計画はその全てが中止となった。

我が物顔で空を行くロンギヌスの槍。しかもその延伸は未だに止まらない。

「半年あまりで地球を取り巻くリングになるぞ」

日向の話に誰もが〝まさか〟を言いかけた。だがそのまさかばかりが起きている。

『リングになったら？』


待機シフトのシンジは第二ケージ。誰もが気になるそれを聞いた。

日向が斜めに挙げていく手のひらが、最後でほとんどタテに。

「ロンギヌスの〝地球搾り〟が、ある日急激なピークに達する」

意味するところは《壊滅的》。この青い温室は生存環境でなくなる。

「実際、槍からどんな力が働いてるの、重力？」

「だけじゃなさそうとしか…」

解らないことが多く、いつの間にか発令所ミドルデッキ、ミサトを中心に集まった面々は、それぞれの疑問を整理していた。

「トロワ、質問ＯＫ？　無理はしないでよ」

「…ハイ」綾波レイ№トロワはようやく精神面で回復してきての参加。

〝一人になった〟自分にどうにか慣れようとしてる最中だ。

「あの黒いヤツの――」

話し始めた青葉にミサトが念を押す。

「アルマロス」

「――はい…アルマロスのウロコ、元々量産型エヴァの屍体だったエンジェルキャリヤーがゾンビみたいな変異体になって動くのって、やっぱ、あのウロコのせいなのかな」

「電池みたいなモンでっしゃろか」トウジが首をかしげる。

「あれで操ってるって考える方が自然ね、何しろ――」

ミサトが言いかけてアスカが顔をしかめる。

「あ―ハイハイ、私がコピーロンギを盗まれました――そうね、組織的に動いてるかも」

ふむ、と日向が考え込む。

「量子ポータルかもしれません、指令もエネルギーも量子跳躍で伝えられる」

「そんな便利なものが？」

「量子跳躍は、エヴァの体内では普通に起こってます、神経やパワー転送。電気信号等では達成できない高効率がそれだと考えられてるんですが」

「それをあの標識みたいなプレートはすごい距離でも出来ると…」

「量子共鳴紋章《クォンタムレゾナンスシグナム》ってトコですかね」

「ＱＲシグナムか」

アスカが長い腕を胸のまえで組み直す。

「私はそんなコトよりあの黒いヤツ——」

「アルマロス…！」と総司令。

「アルマロスの言い分よ——私達が一体何を失敗したかってハナシ！」

人類補完計画、あのとき三人の綾波がそ

う口にして場は凍り付いた。

「本当なの？　トロワ」

「あの巨――アルマロスには」ミサトがにらんで綾波トロワは言い直した。

「あれには――言葉なんかないの…感じるのは大きな壁みたいな圧力」

「壁？」

「絶対止まらない歯車、季節が花や虫を育てても…次の冬で全て殺してしまうような」

「なんやら容赦ないな」

「その圧力が私の頭の中で言葉を探した――」


一同やりきれなさそうにため息をついた。

「補完計画て…あれ終わったンは三年も前ですやん…」

『終わったんでしょうね、それで失敗と』

トウジの言葉尻をつかんだマヤは、第一ケージからの会話参加で弐号機に手を入れている。

「人類補完計画って何やったか――その…赤城博士からマエに聞いてはりませンか？」

何度それを聞かれたことか。『みんなと同じよ』マヤはまたか、という顔をした。

『本部戦のあと姿を消したゼーレを追って、漁れるものは全部漁り――みんなも見たでしょ？　あの気味の悪いＣＧ映画とか』

それはゼーレの施設に残されていた数少ないものの一つ。

計画のプレゼンムービーではないかと言われているものだ。

「全てのヒトが個々人の境界を放棄して、赤いスープの海に混ざり合うアレですか」

そこに至る過程を何段階かに分けて紹介するその動画は、まるでカルト系教団の教典プロモーションのようでナンセンスに過ぎた。

それはフィクションムービーと処理されておかしくなかったが、加持が探り出し、シンジが補完計画阻止に動く動機となった情報と内容がほぼ一致したのだ。

「結局いつまでも引きずるわね——補完計画」

人類補完計画。

キール・ローレンツを代表とするゼーレメンバーによって立案され、碇ゲンドウ、冬月らによって実行に至る。

ネルフ本部戦の最終局面で生贄となりかけた弐号機を中心にそれは発動し掛かった。

天に象形を成す生命の木、祝福に舞う量産型エヴァと、形容も理解もしがたい黙示録を人々は見たのだ。

だが、それでもそれはヒトの成す、ヒトの手による計画だと思っていた。

いや、どうなのだろう。

かつての光の巨人、そしてアダムにリリス。

それらをヒトが御しえるとゼーレは本当に思っていたか？

そして我々は、それがヒトの手による計画だと思い込みたかっただけではないのか？

かつての使徒は撃退し、恐れていたサードインパクトは回避できた。

補完計画は瓦解し、人類は未来を得た。そう思っていた。

だがアルマロスは現れ、綾波が濾《こ》し取った言葉の断片は、計画が再施行の準備に入ったことを告げた様に聞こえる。

そのために現状すべてゼロクリアしようとしている様に。

「まるで実験が終わった試験管でも綺麗にするみたいな、横柄な口ぶりだったわね」

アスカの言葉、〝実験〟という例えは状況を上手く形容してるとミサトは感じた、嫌な意味で。

「次に始める補完計画のために、机の上にあるすべてを処分する気なのかしらね」

――ちゃんちゃらおかしいわ。

「大洪水？　すべてをキレイに押し流したあと、計画のための新しい被験体が箱船に乗って現れるのかしら」


箱船が意味するのは、旧世界で選ばれた脱出者を未来に逃がすシステムだ。

アルマロスが綾波を通して伝えた声をネルフＪＰＮのメンバーは聞いたが、かの黒い巨人は地球全体を揺さぶって語ったのだ。世界のあちこちに〝声〟を聞いた者はいて、そこから伝わった情報により人々はより混乱することになる。

♯4幕間騒乱

■地球変貌

シンジは夢を見ていた。

父には道具のように扱われ、アスカに罵倒され、綾波は無関心な灰色の世界。

あわれみの視線、それですらそのシンジには貴重だった。

それにすがるように、自分の存在を価値として他者に評価を求める毎日。

触れ合いたいが恐ろしい。

いらないと言われるのが恐ろしい。

不安をヘッドフォンで繰り返し聞く音楽に溶かそうと努める日々。

涙があふれてくる。なぜ、なぜ生きているのがここまで辛い。

《それは次の世界の君だよ》

カヲルの声が言った。

《今の世界の君はうまくやりすぎた、次回は補完計画が成立するように補正がかけられるようだ》

——補正…。

《彼らがなぜスーパーエヴァの鼓動を警戒するのかわかるかい?》

――なぜ……？

《S《スーパー》エヴァと君は、心臓を持つことでこの世界で一番力強い存在のヒトとなってしまった》

――血は流れてなくても心臓って言えるの？

《それは問題じゃない、鼓動とは灯台の光のように、かかげる松明のように、私はここにいるぞ、というアクションなんだ――強い存在の力は強く時間世界に定着する、彼らといえども消し去りにくくなるのさ》

――よく…わからないよ…。

《上手くやりたまえ、君がどんな有様でいても僕は君の味方だ》

夢かうつつか、遠くで地震の音がする。

通信インフラが万人のものではなくなりつつある。

主に通信や放送を担う、静止軌道衛星とのやりとりがまずできなくなった。

正確には高度二万km以遠の衛星信号が捉えられない。

二万kmと言えばロンギヌスが周回する軌道高度。

ロシアは、地球重力の減少で逸脱した自国衛星が、その距離で不可視の何かに衝突するさまを観測。

何らかの境界面が存在することが解った。

ロンギヌスの槍は軌道を我が物顔で周回するだけでなく、その軌道直径の見えない巨大な球体面で、地球を完全に閉じ込めていたのだ。

これをロンギヌス境界面と呼称する。

境界面以遠の静止衛星は軌道逸脱だけでなく、この境界面で信号が遮断された可能性が出てきた。精密測定で、全天の星図がかすかに歪んですらいるのだ。

プレートが大規模に動いた影響で、海底ケーブルが各所で切れ始めた事が情報の欠乏に拍車をかけた。

人々は地球の陥った状況を知るために、乏しい通信手段で示し合わせ、運転可能な世界中の加速器がスーパーカミオカンデにニュートリノを打ち込んだ。

入射角度と到達タイムから求められた答え、それは刻々と縮みつつある地球の姿だった。

その原因究明を先送りにして、米国空軍の軌道戦闘部隊が、槍そのものではなくロンギヌス境界面への破壊作戦を敢行する。

国連軍名で軌道に上がったそれら軍事宇宙機は、境界面に十二基のN^2弾飽和攻撃を掛けたが失敗、ことは無力だっただけに終わらなかった。

発生した大規模な電磁騒乱ＥＭＰの大部分が境界を越えず、境界球面の内側凹面でキレイに反射されて、たまたま収束焦点にあった地球の一都市を焼失させてしまったのだ。

■カトル

幸いレイNo.サンクは地上で覚醒した。

軌道上で彼女の0・0エヴァに自分の0・0エヴァを横付けた小さなレイNo.シスは、レイNo.サンク搭乗のエントリープラグを引き抜いて握ると、サンクのエヴァは軌道上に置き去り、地上に戻ったのだ。

軌道上からの全員一時帰還の命令が出たための降下だ。

サンクは、やはりNo.トロワとは違う性格を持って目覚めた。

綾波レイNo.トロワと地上に降りてきた綾波サンクとシスは、マヤに連れられて攻撃の遅延とロンギヌス射撃の件で、国連の質問会という名の査問に出かける。それはネルフJPN総司令葛城ミサトが、国連の正規の査問会から戻ったのと入れ替わり。そもそもロンギヌス迎撃は国連の求めた事だし、彼女達の行動にはミサトが全て責任を追うのが組織のハズだ。それを飛び越えてきたことで、シンジは不安を覚えた。

彼らは怒りの逃がし場所を作りたいのよ、とミサト。人類は百九十万人が塩になった上に、さらに十数万人上乗せし、災害でその数字は今も増えている。

「被害の大きな欧州は本気でスケープゴートを探してるかも知れないけど――もっとも、あの場面で、これまで用意してきた力が発揮できなくて一番悔しいのは私達自身だけどね、あ～悔しい、あ～口惜しい」

本当に悔しいミサトはわざとおどける。


現在のネルフＪＰＮ本部施設は、地上に顔を出した基本的に正円形をしている。

中央には縦坑があり、その底には旧本部跡を封印する石棺ドームの一部が見える。

地上、グランドデッキには、同心円状に何条ものレールが敷かれ、多くの施設ユニットがこの縦抗を周回する構造になっていた。

一番内側には三組の装甲列車群が、円軌道の三方向から基地中央へ支持索を伸ばし、中央縦坑上の中空に観測ユニットを吊り支えている。

観測ユニットはもとより、それを吊るす支持索へは立ち入り禁止なのだが、その日シンジは見知った人物が支持索の上の足場を歩くのを見つけ、気付けば近寄っていた。

軌道を横切りゆっくり動く装甲列車によじ登る。なんで警報が鳴らないんだと思いつつ、そこから本部中央の宙へ伸びた支持索の高さにちょっと躊躇しながら。

おそるおそる踏み出して、前を行くその人を呼んだ。

「…綾波!?」

疑問形だったのは髪の色が違ったこと。

そしてなぜかこんな場所で、黒のショートドレスだったこと。

「知ってるだろ、ここに近付くのは…」

だが暗い銀の髪?

「綾波だよね・・・?」

「この服はね、セカンドのアスカが礼服以外のフォーマルを持たないのはおかしいって連れ出して――一緒に選んだのよ」

彼女は振り返りこちらに近付いてくる。

「…いいえ違うわね、選んだのは結局セカンド…」

「トロワ…?」背格好からすればトロワ、サンクならば少しだけ背が高い。

だが二人とも今ここにはいないはずで――

「そうね、この服も…――部屋にある服は全てあのコのばかり」

高い支持索の細い点検足場の上。少し揺れるのが嫌で、ワイヤーの手すりにつかまったままのシンジに、彼女は体温を感じるほど近づく。

広く開いた意外に豊かな胸元の上、見透かすような瞳の綾波があごを傾けた。

「あのときのワタシ、あなたにこの姿を見せるつもりだったのよ?…まだ私達が一つだったとき」

面食らっていたシンジはハッと表情をこわばらせた。

「綾波…No.カトルか…!」

ようやく気付いた。

シンジを殺した綾波。0・0エヴァと共に逃亡した綾波レイ。どうしてしまったのか、その髪の水銀色を風に揺らし、彼女は石棺ドームを見下ろしてシンジに問う。

「三年前、なぜあなたは補完計画を止めたの? 満たされないことでこんなにさびしい」

「なぜって――自分が自分でなくなるのはおかしいだろ…」

「そう…だからあの時は――」その綾波は自分自身に視線を下げて、

「碇所長のかわりに…あなたが私を満たしてくれると〝ワタシ〟は思った」

伏せたまつげに思わず吸い込まれた。その顔がこちらを向いたとき、いつの間にか首の後ろに回っていた彼女の右手に引き寄せられ
「なのに…!」

「!」――かあっと注ぎ込まれる熱量。

押しつけられた唇は熱く――

以前アスカと意地の張り合いのようなひどいキスをした。甘いなんて言ったのは誰だ。ヒトの吐息の濃さにギョッとして――世界が暗転する。

「なッ、なにするンだっ」ろれつが回らなくなるほど驚いて後ずさったとき、――ザアッ！　闇に呑まれた気がした。慌てて踏ん張るとそこは支持索の上ではなかった。

ざ…ざ…小さな波の音。

――芦ノ湖？――何で！

どうやら芦ノ湖南東岸の様だった。

湖面には武器テストなどに使うフローティングデッキが浮いている。

北岸の第三新東京やネルフ本部は、右手から湖面に張り出した岬～東側の駒ケ岳の裾野に隠れて見えない。が、山越し、警報が鳴り始めたのが風に乗って小さく聞こえた。

――何が起きた？　バランスを崩しそうなシンジの手を握っていたカトルの手が離れた。

いたずらっぽくすくめた肩がくるっと回って綾波は人気のない湖畔を歩いて行く。

「自分が自分でなくなるのはおかしい――それだけ?!　碇クンは他人に自分に踏み込んで欲しくないだけじゃないかな」

無人で荒れた貸しボートの桟橋。

陸に引き上げられてる塗装が剥げたボートの間を行く。

「私を補完して、碇クン」

綾波の唇の、いつまでも後を引く熱に面食らいながらも周囲を警戒し、

「君は…レイカトルは補完計画の結末を知っているの?」どうなっているか考えろ…!

「すばらしいことと聞いた」

「あの〝声〟の主にかい?」

直感したのはアルマロス出現時の、レイNo.トロワ達のトランス状態だ。

「アナタは全てのヒトを道連れにしたのよ、私一人満たせない、いま世界は壊れつつある、責任は取れるの?」

だが、「取れないよ」この質問に対する答えだけは決まっていた。

「みんなと居る時間が大事で、溶け合うことよりそちらを選んだのは僕のエゴだ」

〝君が選択して作った世界だ〟

加持にも言われた。

——最近、綾波…トロワにも言われたな。

自分で選んだ世界でも、僕は自分のことでいつも一杯一杯だ。

――いつでもボクは……！

シンジは意を決し、今度はこちらから距離をどんどん詰めていく。どこかに彼女の0・0エヴァ変異体が潜んでいるにしても、乗り込む前に拘束してしまえば戦わずにすむ。

と――そのとき、まるで佇むように桟橋に立つカトルの後方、水が溜まり沈み掛かっているボートが三艘、バンバンッと湖面から何かに弾かれ宙に舞い上がった。

「ATフィールド！」

シンジは慌てて避けた。

――バコンッ！　落ちてきたボートが桟橋を壊しながら跳ね上がる。

こちらを見たままのカトルの背後、芦ノ湖湖面がゴッと白く盛り上がる。

白く泡立つ湖水を突き破る巨大な影。

0・0エヴァ変異体が大量の水を滝のように振り落としながら立ち上がった。

「くそっ！」

ネルフ本部に警報が鳴ったのは、基地中央、縦坑から0・0エヴァ変異体らしき左腕が宙に伸びて、センサー支持索上、ヒトらしきモノをつかんだという目撃情報のためだ。

第二ケージの中では、バイザーが開きスーパーエヴァが目を覚ました。

近くにいたケージスタッフが発令所に通報。

「シンジ君はどこ!?」

発令所に入るなり聞いたミサトに日向が応えた。

「端末シグナルは施設中央、センサーアレイの支持索上？　なんで——」

「いや、端末が落ちてるだけです！」

青葉が否定、該当箇所をカメラでズームして見せた。

「Sエヴァ、また暴れるんじゃ…」

「あのコの毎日の努力を信じましょ、第二ケージ天蓋解放、デッキリフトアップ！」

0・0エヴァ変異体が振り落とす激しい水煙の中、綾波はそれを感じたのか、山が邪魔して直接は見えない基地の方へ視線を投げる。

「アナタの心臓が止まれば——またこの世界で補完計画が始まるかも——そうすれば世界は終わらない…！」

最後のチャンスとばかりに再び駆け寄ろうとしたシンジを、盛り上がった大波が多数のボートを乗せたまま襲う。

慌てて返したきびす、走る！　が、岩壁をよじ登りかけたところシンジは押し流された。白い泡となって返る引き波からガードレールにしがみつき叫ぶ。

「──ツッ！　あの声がッ──そう言ったの!?」

レイNo.カトルを拾い上げるエヴァ変異体。

「〝声〟は答えをくれないわ…！」

湖面が一直線に泡立つと、その長さのガンマ線レーザー砲が湖水を割って浮上する。

今は融合してしまっているエヴァ変異体の右腕だ。

「うわっ！」

シンジは驚き、ひっくり返っているボートの下に滑り込んだ。

紫の閃光！　エヴァ変異体のガンマ線レーザーは、芦ノ湖に着き出した尾根を飛び越えてきたスーパーエヴァを山越しに迎え撃った。

一九〇〇ギガワットのはずの定格を上回る、高出力レーザーが周囲の大気に電磁パルスを呼んで、隠れたアルミのボートは誘導電流で真っ赤に焼けた。

「がッ！」

シンジが左腕をかかえるようにしてそこから這い出したとき、左腕を撃ち抜かれ、大きく損傷したスーパーエヴァが大地を揺るがせて着地、その巨大な右手がATフィールドで固めたシンジを猛烈な加速度で拾い上げ再びジャンプした。

「大型脅威個体は0・0エヴァ変異体／カトル機と確認」

発令所でも、その出現を駒ヶ岳射撃ポストの観測カメラが捕らえていた。

「またいきなり懐に飛び込まれた！」

ポーンとアラームが鳴って通信ウィンドウが開く。

『ゴホッ…箱根CP！　碇シンジ、スーパーエヴァに現時刻エントリー！』

「シンジ君！」勝手に出て行ったSエヴァが、どうにかシンジと合流できたと知ってミサトはホッとしたが、今はそれどころではない。

「状況は!?」

『カトル機と遭遇、左腕に重度の損傷』

ミサトは他のエヴァのステータスボードに目をやる。それに気付いた日向。

「弐号機はむりです、パワーソースの変更で体内ケーブル張り直しの最中で…！」

「よりによってレイ達が全員いない時に…！」

『ダメ元で零号機系に私がプリエントリーしてみるわ』

ケージからのアスカの声に、

「ヤメなさい！　精神汚染でアナタがつぶれる可能性が高い！」ミサトは一喝した。

各エヴァはパーソナル化が進んで、今ではレイ達が零号機系を融通出来るのがせいぜいだ。それすら綾波達が自己覚醒したこれから先はムリかも知れない。

「スーパーエヴァの武装は」

「プログナイフ一本です」

「都市武装区画と駒ヶ岳射撃ポストの誘導兵器を活性化しておいて」

「了解！　しかし、それで制圧できるかどうか」

そんな事はミサトも解っている。

「戦自に要請、エヴァ変異体が外輪山を越えるような状況になったら、メーサー車でもあかしまでもイイ、息の根を止めてって」


芦ノ湖のなか、その一本のナイフでスーパーエヴァはエヴァ変異体と格闘戦に入った。

こちらを睨んだレーザー砲を危うく蹴り上げると閃光が宙を焼く。

――アレで都市部を焼かれたら！　ここで何とかするしかない。

「マヤさんが言ってた！　君が混乱してるのは自分の自我が育ちつつあるからだよ」

『なに？　そのイイことみたいな言い方、ワタシの声も聞こえない、いまワタシの中には私しかいない、外からはあの声しか響いてこない！』

蹴上げた脚を戻すより早くエヴァ変異体の体が回り、後ろ蹴りで水中の軸足を蹴られて転倒するスーパーエヴァ。

だが倒れながらシンジは、回ったエヴァ変異体の懐が開くところを見た。胸の装甲を縫うように突き刺さる、あるはずのない部品を見た。それは赤黒く輝いて——

「箱根ＣＰ！　変異体の胸に例の赤黒いウロコ——ＱＲシグナムがある！」

先に呼称が決まったばかりのアルマロスのウロコを見つけた。

なぜカトル機は従来機ではあり得ない異常な形態に至ったか。

なぜキャリヤーのように突然現れ、跡形もなく姿をくらませられるか。

「カトル…君の自我は…！」

——アルマロスに無理矢理開かれたものだったのか！

『ワタシが最初に獲得したのは恐怖！　胸に痛みを打ち込まれ、ワタシがワタシから引きちぎられた孤独の恐怖！』

——なんてことだ……

一連の綾波達の変化にようやく納得できる解答を得た。

カトルがアルマロスの感応元だったのだ。

腕で水を切り、ぎりぎりまで水中に隠して突き出したプログナイフ。

エヴァ変異体の胸、QRシグナムを突いたその一撃。

——ガカアァン！

QRシグナムが発生させているのか、強力なフィールドに阻まれた。

「カトル！　そんなウロコ捨てろ！　それが君をおかしくしてる！」

強固なフィールドの上でプログナイフの切っ先がぎりぎりと止まったまま赤熱し始めた。

『このウロコはすごい力をくれるの、抵抗することに意味はない、だって意味そのものを塗りつぶしてくれるんだもの』

「〝声〟か！　そんなのに踊らされてたら……！」

ナイフのフィールド貫通は叶わずついにはじき飛ばされた。

エヴァ変異体が振り回すレーザー砲のバレル。その足元を今度はシンジが引き倒し、二機は交錯しながら湖から東岸へ上陸してしまう。

『シンジ君！　その場所で0・0エヴァ変異体を制圧して！　今ここで確実に、結果は問わないわ』

それはカトルを殺してしまってもかまわないという命令だ。

使徒に乗っ取られたエヴァ参号機。制圧せよと言われた機体にトウジが乗っていた嫌な時の嫌な記憶。

——ズウンッ……！　Ｓエヴァの心臓が震える。

三年分の経験値が、承服してなくても返せる「了解」を言う間、頭の方は〝どうすればいい？〟の思考が駆け巡っていた
『あなたがいなかったら補完計画は成功して、今の世界の災厄はなかった！』

本当にそうなのか？

『あなたがいなかったら、私は恐怖や寂しさを覚えなくてよかった、だから消えて！』

本当に？

「僕をもう一回殺したいなら！」シンジはそのとき、戦自の新型メーサー車が外輪山のハイウェイに三輌入ってくるのを目の端で捕らえた。一瞬の違和感。

——視認したのにメーサー車の識別アイコンがビジョンにレイヤーされない！

発令所が情報を伏せている。

ミサトは、仕留めかねているシンジの心中などお見通しというわけだ。

かわしたエヴァ変異体の肩をつかんで回す。——わざと戦自車両を見せる動きを挟んで蹴り飛ばした。

「殺したいなら、なんでその服で現れたのさ！　見せたかった時の綾波を知ってるんだろ？」

蹴上げた足をそのまま全力で振り下ろす。

それはエヴァ変異体カトル機を〝かすめて〟大地を強打。

インパクトで吹き上がる猛烈な土砂の土煙に隠れて、0・0エヴァ変異体は忽然と姿を消す。シンジはカトルを逃がしたのだ、自分を一度殺した相手を――。

■エヴァ02アレゴリカ

「今のは結構大きかったな」また地震だった。

ユーラシアプレートがプレートの中央に向かって収縮沈降している。

今の地震はそれに接していた北アメリカプレートの突出部が引きずられ、パッキリ割れた衝撃だった。

地上で言うとカムチャッカ半島が、東のコマンドル諸島、西のマガダンを結ぶ線で割れ、そこから南は東日本までの小さな独立した新プレートが生まれた。のちの名をオホーツクプレート、が誕生した超巨大地震だと知れるのはもう少し先のことだ。

第一ケージ内にはF型零号機、地上に降りてきた0・0エヴァの奥、月面探査の準備中のエヴァ弐号機があり、地震で中断していた作業が再開した。

「月の色に塗って頂戴」

アスカ自身が最近変わりつつあると言っても、彼女が赤を捨てたのは驚きだった。

0・0エヴァ／シス機をサンク機として登録変更、大改装中の弐号機はこれと共に月面への強行偵察に向かう。アルマロスがそこで姿を消したままだからだ。

一連のエンジェルキャリヤーの件などから、相手は好きな場所に現れたり消えたりできるのかもしれないとしても、まずは最終出現地点からというのだ。

これは安保理の理事国の中でも、大きな被害が出たユーロ勢が強行に求めてきたプランではあるが、偵察自体は間違ってはいないとアスカも思う。


かつての宇宙探査時代に月面に設置したコーナーキューブ（レーザー反射標識）に向かって、地球から様々なスペクトルを打ち込み、その反射と時間を拾った。

加えて全天の星図のゆがみから、ロンギヌス境界面は一種の空間断層と考えられた。

要するにATフィールドと同じ、空間に位相差が発生しているらしい。


この情報は先の米空軍軌道戦闘部隊による境界面N^2弾爆撃によっても証明された。

N^2弾、N^2リアクターに代表されるN^2パワーテクノロジーは、元は、空想でしかなかった頃の使徒S^2機関、その人類技術による理論シミュレーションモデルだ。

無限航続型強行偵察仕様 弐号機Ⅱ式UX-1 Allegorica

N²揚力場スラスターを装備。反動推進器はあくまで補助で、翼面に並んだスリット間に人工潮汐力場を複数列、翼面上に発生した不均等な重力場変化により飛行する。

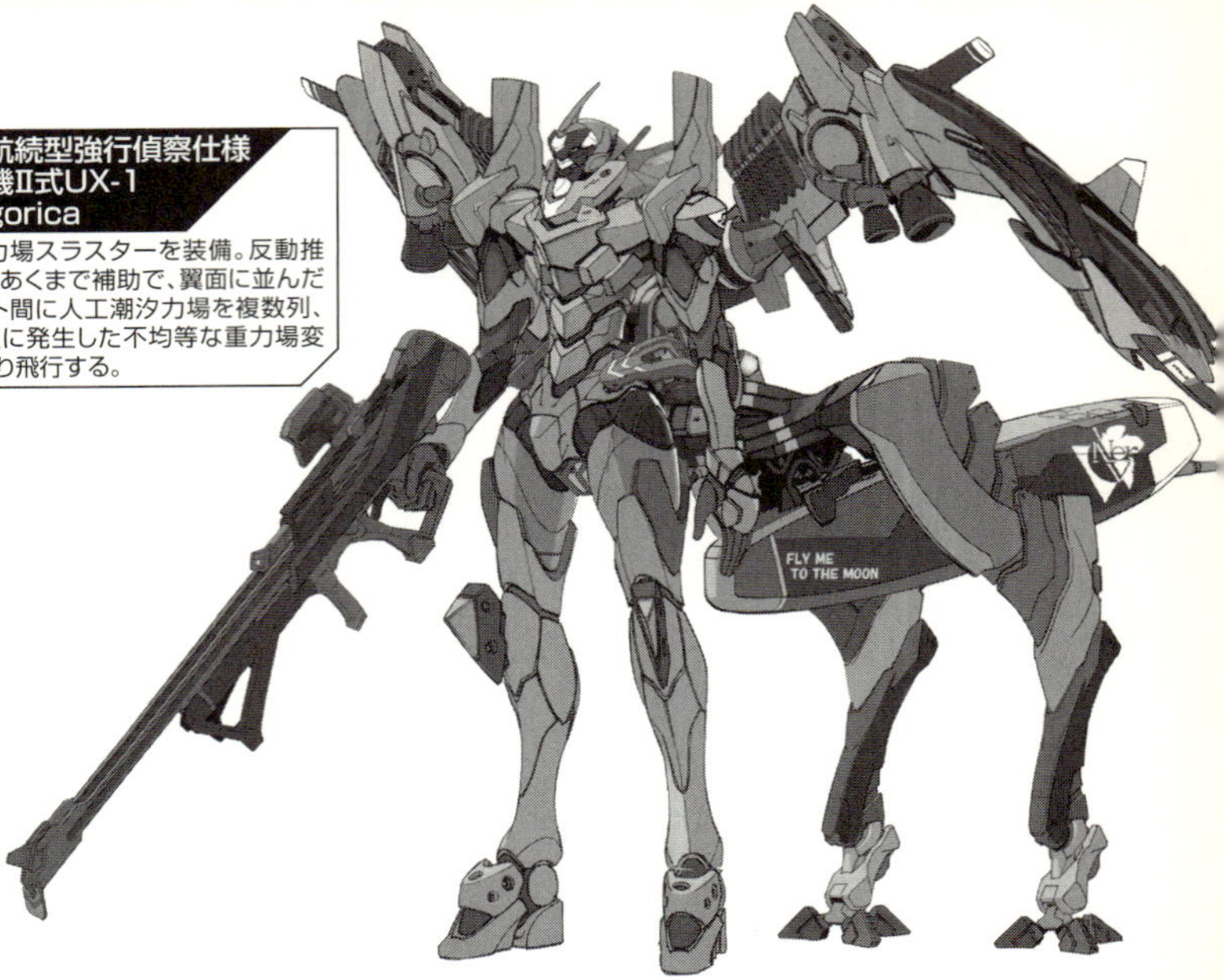

核弾頭に匹敵する爆発エネルギーはその暴走。制御理論が追いつかない間、反応を生んだ瞬間、暴走させるのが関の山だった。その爆弾転用がN^2弾。

そのため位相差になり損ねた波動が衝撃波として発生する。

それが境界面に穴こそ開けられはしなかったが〝揺すれた〟結果が出たのだ。


そこでATフィールドを使って位相差を打ち消すプランが立った。

故にヒトがエヴァで行くわけだが、だとしても、そこから月へは無人探査機でなく、エヴァで出かけるということは強行偵察を意味する。軌道上から0・0エヴァの支援は受けられるとしても、補給はないと考えるべきだ。

「おっちょこちょいには無理だわね」

アスカ自身も今回、意地だけで行って帰ってこられるほど甘くないと自覚している。


その改装弐号機は、無限航続型強行偵察仕様エヴァ02／UX―1アレゴリカ。

「寓話のような」のその名が指すものは二つ。

ケンタウコスのような後脚構造がもたらす、大きなペイロードと長距離巡航の安定機動。

大きな翼が担うのは飛翔力、このエヴァは初めて飛べるのだ。

パワープラントはN^2リアクター。そのN^2リアクターが発生させる重力子。人がひねり出したそのごく小さく弱い人工潮汐力場を何百と集め、翼の人工ダイヤモンドのスリットに並べて相対的な揚力を得る。

エヴァの長距離移動手段に関しては国連の開発承認が取り難いが、この重力子フローターは実験ユニットをロシアの中古戦闘機をテストベッドに繰り返され、思いのほか結果が良かったその魔改造テスト機も全機、実用戦闘機として近々箱根にやってくる運びだ。

翼の両端には推進用スラスターユニットが付くが、浮くだけでなく重力傾斜を巧みに使えれば、推進剤を消費せず月世界を長く行動できるだろう。

翼の端からさらに延びるブームは位相差発電エレメント。

ATフィールドから外に突き出すことで、フィールドの中と外の空間の位相差から電位を引き出す。いわばエヴァの動力回生機関だ。

そして現在、アスカは全チルドレンの中でエヴァとのシンクロ率、ひいてはフィールド生成能力が飛びぬけて安定している。

比べてシンジとスーパーエヴァはパワーこそすさまじいが、まだ何が起こるか解らないくらい不安定なことが、長期のミッションには選ばれなかった理由だ。

今まで自分が成功するための道具だとしか見ていなかった、アスカのエヴァ弐号機。

自分の母を（母の精神を）奪ったのはこの弐号機だと今でも思っている。

憎むべき存在であり、だからこそ使い潰すことに何のためらいもなかった。

しかし、ネルフ本部戦の時、アスカは弐号機の中に母を見たような気がした。

そしてスーパーエヴァ。

シンジは初号機の中の母が消えてしまったといった。

——弐号機の中のあの〝影〟も消えてしまうの？


その日から彼女のすべてのやり方が変わった。

弐号機とのシンクロ率は誰よりも安定。

勢いだけの行動は減り、成功確率を上げるための地味な努力は苦痛でなくなった。

アスカはリアリストだ。今でも弐号機を真実母だと思ってるわけではない。

でも彼女はこのミッションで、エヴァ０２アレゴリカとなった弐号機と共に出動し、共に帰還しようと思っている。

「ちょっ、何で金色で塗ってンのよ！」

カンカンとヒールでキャットウォークを踏みならしたアスカに、ケージ作業スタッフが邪魔そうに応えた。「耐電磁サーフェスだよ、この上からご希望に塗るってば」

■学校

アルマロスは時間の上にスーパーエヴァの心音を書き込むなと言った。

「みんな学校に行きなさい」と、ミサト。

「は?」と、十七歳一同。――この非常時に?

「スーパーエヴァの心音みたいな日々のリズム、私達の生活も意図して乱さず継続すべきだわ」

ミサトはアルマロスの言葉やシンジの夢の話を全て信じたわけではない。

だが、今回の敵はすさまじい天災級の被害をもたらす。

恐ろしいのは、人々が圧倒的な力を前にあきらめて、抵抗を放棄してしまう可能性だ。

今回の敵は厄介なことに〝言葉〟を使う。アルマロスの言うことに宗教神話が混じってることで、より深刻に受け止めてしまう人々も多いだろう。

彼女としては、戦う子供達やこの街の人々にあきらめて欲しくない。

だから生き様を維持するのだ。そして万が一の未来には――およそどうでもいいと思える日々のくり返しが、最期の宝物になる場合も――

その日の授業が終わり、シンジが昇降口から出てきた。

「なんだかドッと疲れた…」

ミサトの言い分は理解できなくはないが、未知の敵に宣戦布告された。のんきに学校生活しろと言われても、そう器用に心のスイッチが切り替わるものではない。

「いかにクーン」と舌足らずの声。

「あう、」

シンジが振り返ると、身長が低すぎて、短いワンピースの女生徒制服がロングスカートのようになってしまっている、レイNo.シスが転がるように追ってきた。

本日の疲労原因その二だ。

なぜシスまで高校に来たかと言えば、肉体年齢を除けば自分は高校生だというシスの主張にミサトらが乗ったからである。

彼女は綾波同士のリンクが途切れ、自我を獲得してからは初めての学校。

朝から一日通してハイテンションで、いろいろやりたい放題だったのだ。

本当にNo.トロワと同じ綾波の知識で出来てるのか？　まったくじっとしていない。今こちらに走ってくるかわいらしい状況も、もう悪い予感しかしなかった。

「でやっ！」っとシスがジャンプ。

飛び掛かられて目から火花が散った。

お互いの顔面同士がぶつかって両者ひっくり返る校門前。

シンジとシスの声がシンクロし、下校を始めた他の生徒達も門前で尻餅をついて顔を抱える二人を何事かと見た。

「あッた〜〜〜ッ!」

「むちゅ〜〜〜〜〜〜〜〜〜〜〜〜〜〜〜っ」

「ん☆んん〜〜〜〜〜〜〜!?——ぷぱっ」シンジは慌ててシスを引っぺがした。

「なっ、なっ、なっ……!」

「? カトルのワタシは否定しながらドキドキしてた、でもシスの私はドキドキしない…」

シスにいきなりキスされた。当のシスは指で自分の唇をむにむに押して——なにやら結果に満足していない顔でシンジに訊いた。

「なぜ?」

「な、なぜって……!」

マヤさんによれば、シスは知識と思考に体が追いついていないのだという。

シンジの頭の中に、中学の保健の授業で聞いた性徴期がどうのといった単語がぐるぐる回ったが、説明はやめた。だって新たなトラブルしか想像できない。

いや、その前に——カトルがなんて言った…？

「どないした〜？」

トウジだ。部活のジャージ姿に混じって昇降口から出てきた。

人波が自然に割れて道が出来るのは、アスカと綾波レイNo.サンク。

生徒会室に寄ったNo.トロワは少し遅れて現れる。

ネルフに関わる彼らは示し合わせて帰路につく。警戒レベルが引き上げられ、遠巻きに隠れているだろう警備部のシークレットサービスの手間を省くためだ。

教室で新たに空いた席はいっぱいあるから、綾波が二、三人増えたところで問題ない、と笑えない冗談も出た。ここ一連の事件で、この管理都市でも死者や負傷者は出た。

それによる人事の異動も絶えず、その子弟が通うこの高校にも影響は出ている。

見上げるとロンギヌス、全長が伸び続ける槍が細く白い線となって空を行く。

「駄目よシス、碇くんを困らせちゃ」と綾波サンク。

チルドレン達は下校の生徒達の流れに溶けて歩き出す。

「は〜今日は記録に残すべき日だわ」

不思議なモノでも見たように切り出したのはアスカ。

「サンクが下級生に廊下でナンパ半分にコクられて…」

「ええ!?」っとシンジとトウジ。これだから男子は！　眉間にシワのアスカは続ける。

「驚くトコはそこじゃないの、この子、わりとマトモなお社辞でやんわりかえしたのよ」

「なんやて!?」

みんなの視線が集まった。

「あれは」とサンク。

「ちゃんと答えを返さないと——かわいそうだもの」

そう言って微笑んだ。人工子宮内での培養時間が長かったせいで、その個体はトロワやカトルより少し成長が進んで、一緒にいると上級生のようだ。

「う……マトモやが、綾波らしゅうのうて、変やぞサンク」

「誰かと深く関わるのは苦手…知られてしまうから…」

「??　なにをや——?」

彼女は答えない。ちいさなNo.シスが綾波に深く沈んだ無邪気の顕現なら、彼女と同じく自我が発現したこのNo.サンクもまた、綾波の何か心理の集まりなのだろうか。

それぞれの綾波の思考が〝らしくない〟方向に歩き出していた。

かつてのネルフ所長、碇ゲンドウが作った並列する大量の綾波には、そのたった一人にしか魂の定着連鎖は発生しなかった。

それが今になって、新しい綾波人格が三人も増えた。

きっかけを作ったのが黒いアルマロスだというのが気にくわないが…。

一同の一番後ろから綾波№トロワ。

二人の綾波、サンクとシスが個性を発揮し、トロワはひとりごちていた。

みんなにぽつぽつとついて行く。自分の内側にあるものを二人がどんどん開け放っていく。ただそれが自覚できていないので、違和感のみが募っていく。

綾波が増えても在りし日の欠落を感じるのは、ヒカリとケンスケがその場に居ないからだ。ケンスケはパイロット適性の成長が望めないとわかるとネルフの情報部に入った。以降すっかり付き合いが悪くなっている。

「結局、今日委員長は?」というシンジに「委員長はお前ヤンけ」とトウジ。

「いつまでも中学生なのよシンジの頭の中は、で、ヒカリは? 私も連絡取れないのよ」

とアスカ。「どうなの鈴原?」

「オーストラリアや。地殻変動で足止め食っとるメール来とったわ、おる場所は安定しとるて写真じゃにっこり笑ろとったが～にしても家族旅行なんてワシ聞ィとらなんだがな」

「まあ、ユーロとかじゃないなら……」

情報が噛み合ってない。まさかその欧州で、ロンギヌスが振りまいた大災害のなかにヒカリがいたとは知るよしもなかったが、ハナシはどうしても今の世界事情になっていく。

「なんや各国でレースになっとるみたいやな」

「箱船探し、だね」トウジにシンジが答えた。


「地球はつぶれるかもしれへン、ロンギヌス境界面の外には出られそうにあらへン」

「でも、あの言葉に出てきた〝箱船〟」

「そう箱船」

「逃げ出せる手段がどこかにあるのかしら」

「みんなそう思ってるみたいだよ——意味通りの物とすれば、だけど」

「シスはアイスが食べたい」

「だけど妙に信憑性を感じるわけよ」

「バカみたい、アレどこの国も海外の援助隊のフリして、よその国に箱船の調査団を送り込むのよ、いま災害のない国はないから——それってどうなの」

「自分の国の災害もそっちのけで、どの国も妙に気前がいいと思ったら」

「いろんな団体が、いろんな場所をうろうろしたり掘り返したり」

「いまケンスケと加持さん、キプロスでそれでまいっとるらしいわ、特殊部隊みたいなんが、あっちゃこっちゃからワラワラと…」

それを聞いてシンジが立ち止まった。

「ちょっと、それ情報部サイドからの話だよね？　なんでトウジが知ってるの？」

先を行くトウジが振り返りもせず、ひらひら片手を振る。

「ああ、明日辞令もろたらワシ、副司令代理や」

『はイい!?』ハモった。

そのリアクションはシンジ、アスカ、そしてシス。

「…おめでとう言われる気はないにしてもや…惣流！　そのもう終わりやみたいな顔と、綾波シスターズ！　あわれみのマナコで全員シンクロするのはやめんかい、人格バラけたハズやろ！」

「…超展開」

「しょうがないやろ！　ワシかてイヤやねん。せやけど、あそこ、上のレベルほど慢性的なスタッフ不足やないかい。この前の国連の査問会かて――」

そこまで言って、トウジは一番小さな綾波をにらんだ。

「なんやシ〜ス〜お前が大ポカやらかして、マヤさんフォローし切れんかったみたいやねん」

「なに言ったのさ」

「カトルがシンジにキシュしたことだよ？」

「なんですってえ!?」一面地雷原だった。

——あ、さっきのは…！　とシンジはようやくピンと来た。芦ノ湖岸で会ったカトルと精神リンクが繋がっていたのか、最近ずっと不通だって言ってたのに！

問題なのは、敵性存在となった綾波No.カトルとその活動限界がないエヴァを、シンジが逃がした事実が、シスのその発言で国連サイドに漏れたこと。

頭に血が上ってめまいがした。「…アイスでも食べよう…」

シンジが小さな商店の店先に向きを変えるとシスも後を追い、皆も続く。

「ちょっとシンジ、はっきりしなさいよ！」

「ちっちゃい子のしたことに何言ってンのさ、アスカ」

「——いま〝したこと〟って言った？」

トウジはため息をつく。

「近いトコでこれや、お前ら含めて専門家ばっかりの集団じゃ、組織は回らんねやから…」

「ああそお！　で、何の専門でもないヒマなあんたが抜擢されたのね」

そのネルフJPNが、情報部もヒカリ一家とその足跡を完全に見失っていることを、トウジは副司令代理就任後に知ることになる。

「トージ、とどかない！」

店先のアイスフリーザーの前でシスがぴょんぴょん跳ねた。

風に乗って近傍の小学校から、下校時間の告知音楽が流れ始めた。

おなじみの新世界の第９番。

「あーハイハイ」

トウジはシスを持ち上げ、アイスに手が届くようにフリーザーの開いた天窓へ。


そのとき、商店街の屋根から鳥が——ハトが一斉に飛び立った。

そのハトを追いかけるように、背後——外輪山の山々からズオンッっという羽音。

「何や？　うおっ⁉」驚いたトウジは持ち上げていたシスをアイスの中に落とした。

「うきゃあ！」

黒雲のように鳥が湧いて、シンジ達の頭上を飛び越し始めた。

思わず振り仰ぐ。

シンジもアスカも綾波達、№トロワも№サンクも頭上を行く鳥の大河を見上げた。

それが芦ノ湖の向こう南の大観山を越えて消えるとあたりは静まり返り、すべての鳥がいなくなったようだった。
実際に鳥が世界から消えたとヒトが知るのは数日後のことだ。

■天馬飛翔

種子島近海、打ち上げ施設の無人海上リグを吹き飛ばす猛烈な離床シークェンスで、№サンクが元シス機の0・0エヴァで宇宙に帰る。

箱根では重力子フローターが奏でるあまり美しくない不協和音が広がり始めた。

芦ノ湖上のフロートデッキを離陸ステージにして、アスカのエヴァ02アレゴリカがふわりと飛び上がった。

力場スポットのカスケードが十分な揚力を生んでか

ら、握っていた離陸ステージのグリップを手放したので、機体は宙に弾かれるように昇る。

アスカは地球から逆さに振り落とされたような、捨てられたような嫌な感じがした。

追加の補助ロケットには空力限界高度を超えてから火を入れよとのことだったが、風に流され、湖岸の山に引っ掛けそうなのを見て、アスカは数秒スラスターを吹かして飛び去った。

通信ディスプレイが開き、発令所ＣＰからトウジの声。

『もしもし～？　惣流サーン、大丈夫なんかい』

「うるさいわね！　あんた達私がいない間、ちゃんと地球を守ンのよ」

言うんじゃなかった、少し名残惜しくなってしまった。

『おゥ、予定通り高度一九〇㎞までワや――ぶっ、ぶわっはっはっはっはっは！　な、何やシス！　そのアタマ』

「え？　なに？」

何人もの笑い声。ハイドロスピーカーから発令所の面々の声が聞こえる。

『あらあ、パンクなアタマだこと』ミサトだ。

『ドコにいたのさシス』シンジ…。

『離陸ステージ…じゅうりょくしフローターで静電気が』

『くひっひっひッ、ばッバクハッツ！　ネ、ネギ坊主〜〜!!』
『トウジそんなに笑っちゃ〜…ぷっくく』
『はい、ディスプレイの０２アレゴリカをバックに写真撮るわよ〜』
　はじけてる発令所の声。
「ミサトまで……あんた達ね〜いい加減にしなさいよ」
　そうだ、アスカはこれを守るために月にいくのだ。

■ハト

綾波達は、No.カトルがシンジと濃密な接触をしたことに気付いていた。

綾波達、トロワ、カトル、サンク、シスを結んでいた精神ミラーリンクは現在不通になっている。それが自我発芽したせいか、その原因となったアルマロスのウロコ——QRシグナムのせいかは解らない。

だが不意に繋がるのだ。芦ノ湖湖畔、カトルの感情が高ぶると他の綾波達にもその声が聞こえた。そしてシンジがカトルを意図的に逃がしたときも。

この前の国連の査問会場でシスは、その瞬間を口に出して喋ってしまっていた。

世界は地殻変動の危機に放り込まれ、なかでもロンギヌスの光で一九〇万人あまりの甚大な被害を出したユーロ圏からの糾弾は激しかった。

曰く、ネルフJPNは本当にエヴァ運用を任せるに足る集団なのか？

査問会場は紛糾する。

「ネルフJPNは人類最大の力をパイロットの私情で動かしている！」

ここまでの展開をミサトはマヤの報告で聞く。

シンジは、いまさらながらミサトにこってり絞られた。

いまやエヴァと一つになった地上最強の人間に、説教してどうなるとミサトも思っていたが、社会の中で巨大な力を持つからには仕方がない。

シンジにもそれは解っていたから甘んじて受けた。

それがいま危ういシンジ自身の人間の証明。だがまた同じ局面になったら、果たして綾波カトルを倒せるのか、それは答えることが出来ないままだ。

国連から派遣された駐在武官は、作戦参謀という形で葛城ミサト総司令の戦術補佐役に就いた。要はお目付役である。

「そういうことなら、彼にペナルティを与えてはどうですか?」

彼は早速熱心に仕事を始めた。

「反省房にでも放り込めと?」

「まさか」

彼曰く、シベリアで演習中だったUNT国連軍が、この前のオホーツクプレート割断地震でカムチャツカに続き北海道に災害支援に入っている。

札幌、千歳間の戦自の北海道大演習場を、国内外向けの緊急の支援物資受け入れ地として活動中であり、航続限界の心配が少ないスーパーエヴァで現地に入って、地道に支援せよというものだった。

思ったよりマトモな話だが。

「彼のセキュリティの問題もある、居られても二、三日の短期になるわよ」

「十分とは言えませんが、日本語で言う〝顔見世興行?〟にはなるでしょう、エヴァ型巨人は敵ではないと認識が得られるなら良しです」


ようやくシンジは本部施設内の自室に戻った。

「はう〜〜っ…」怒られすぎてくらくらする頭で室内を見る。

「あれ? 何で点いてるの?」

部屋を空ければ切れてるはずの液晶壁が点けっぱなしで、どこか青い空が広がる風景を映していた。

逆に入室すると点灯するはずの照明は付かず、着信履歴等をしゃべりだすルームホストも黙ったままだ。

「壊れてる…?——ちょっ、なにこれ!」

——ガシャン!

驚いたのは部屋のまんなか、ぽつんと置かれた鳥カゴにハトがいたからだ。

シンジに驚いたのか、白いハトは騒ぎ始め、カゴに体当たりを繰り返した。

——ガシャン! ガシャン! たまらずシンジはカゴを開けハトを解き放つ。

ハトは一直線に壁へ——

「あッ!」ぶち当たることなくハトは——

なんと液晶壁が映す空の中へ飛び去ってしまった。

どこからかカヲルの声。

《ああ、あれが最後のハトだったのに……次の世界への水先案内を失ってしまったね》

シンジがその空へ手を伸ばしたとき風景が消え、それはただ電源が切れていた液晶壁の冷たさだった。

気付けばエアコンの送風音。ルームホストがしゃべりだす。

「本日のスケジュールは消化しています。メール、配送、来客の履歴はありません」

天井のランプがともると手に持っていたはずの鳥カゴは消えていた。

■境界面

0・0エヴァ／サンク機とアスカのエヴァ02アレゴリカは、月への最短コースではなく、緩やかに軌道を上げていく。軌道を閉鎖しているロンギヌス境界面に、出来るだけ浅い角度で接触するプランだ。

アスカは頭上の地球を見た。

情報によれば、地殻変動でアラビア半島が反時計に回り始めていた。

ヒマラヤが急激に標高を上げていて、その南ではインド大陸が、北のユーラシアプレートの下に潜り込むように沈み始めているらしい。人々は接する周囲の国へ逃れ始めているが、世界屈指の人口の大地は人の動きより早く動いているという。

陸地のプレートは軽く、決まった場所以外でそうそう沈むということはない。

沈むとすれば、プレート下のマントルの大規模な縮小。

地中を観測していた科学者達は地球深くから、その内部物質が失われていると推測した。膨大な体積のマントルや内核物質が忽然と、それも次々消えているというのだ。

「地球がやせて、浮かんでるプレートがユーラシア中央に集まってぶつかりだしている…信じられないけど」――あれ？

ロンギヌスが妙な力で地球を搾ってるとして、搾った分はどこに行くの？


『エヴァ０２惣流さん、境界面接触まで六十万ナノセカンド』

№サンクに呼ばれてアスカは前方に視線を戻す。

――惣流さんね。

綾波シリーズの主体レイ№トロワは、当初アスカを《セカンド》と呼び、《アスカ》と呼ばせるのに二年掛かった。

で、№サンクは人格形成以降、私を《惣流さん》と呼ぶ、と――

自我を得た綾波達にはそれぞれに違いがある。

アスカから見た№サンクは、他者と比較的社交的につながろうとするが、そのとき彼女自身はドコにあるかが見えない感じだ。話しやすいが、本心で話しているのか解らない、こちらに合わせているだけと感じることがたびたびある。

——なんだかな〜いい子でもそれじゃあ一歩踏み込んでくれる友達は…。

おっと、これは我ながら大きなお世話だワ——

「地球、ネルフＪＰＮ、箱根ＣＰへ通信」

［送信アンテナ指向正常、低軌道衛星ネットワークへロック、障害ナシ］の表示。

——まだ軌道修正燃料を失わず頑張ってる衛星もあるのね。

「エヴァ０２より箱根ＣＰ、境界面まで一〇分の距離よ、ヴァン・アレン帯の磁束密度の分布はロンギヌスがかき回してるせいか、かなり変則的な偏りがある。三〇分前に観測したエミッションも誤差の確率が高いわ」

『箱根ＣＰよりエヴァ０２アレゴリカ、続けてくれ』

「翼に重力子を並べると、ロンギヌス境界面から重力波のうなりを拾って羽が震えるわ。ぶんぶん回ってるロンギヌスが境界面全体を震わせてるんだと思う」

『アスカ』声が変わった。

「ハイ、シンジ、上手くやるから見ててよ」

それは、かつての彼女の〝私の実力を思い知りなさい〟とはニュアンスが違っていた。

『0・0エヴァからエヴァ02、境界面まで二〇万ナノセカンド』

「大きなショックが来る、プラグ内をLCLで満たすわ」

観測されるロンギヌス境界面が空間位相差なら、同じ位相差のATフィールドで道も開くだろう。


正面は透けて見えるが、間近まで寄って見回すと、ある一定の角度でぐるりとドーナツ状に薄い虹色の干渉光が見え、そこにロンギヌス境界面があると知れた。その厚みと呼べるものは限りなくゼロで、それでも地球から見える外の宇宙の像をゆがめている。

「接触秒読み、Tマイナス7、5、3、エヴァ02マーク」

『0・0エヴァ、マーク』

ATフィールドを展開し境界面に接触すると、瞬間エヴァ両機に莫大な力が掛かった。

――ズズンッ！　いま軌道が曲げられたのだ。


ATフィールドの接触で、透明な境界面に不思議な色の干渉縞が広がる。

ゴゴゴゴッというフィールド接触音、そして振動。見た目ほど平滑ではないのか。

いまエヴァ02アレゴリカと0・0エヴァの二機は、ロンギヌス境界面の広大な球面内側を、境界軌道速度＋αで滑っている状態にある。

跳ね返されないのは、わずかに軌道半径より脱出速度αが勝っているだけではない。

「吸い付けられてるわね」

重力ではないが引力。

ATフィールドですら、張り付くように境界面に接すると引き離せなくなった。摩擦力は振動による損失を除けばほぼゼロで、境界面上の二次元移動だけが可能な状態。

「サンク、機体コントロールできてる？」

『同じです、ミッション放棄しての離脱は困難かも』

「行くしかないってコトよ」予定通りアスカはフィールドと境界の接触面に、外界への穿孔を試みる。

プログナイフの先端方向に開いた小さな穴が、激しい光を散らす。

境界面にたちまち尾を引く船の航跡のような波紋。

「パパッとやっちゃうから…！」

意識を集中する。こじ開けた同期破口の周囲から無数の不完全な空間位相差がこぼれ、様々な波長を吐き出して輝きながら蒸発していく。

境界面上を滑走しながら位相を同期させ開いた穴は楕円で、いま広がりつつある。

その時、フィールド接触の影響で信号が欠けまくるメッセージ。

『箱…CPより緊急、槍が向…を変えた！』

「チッ！　気付かれた」

境界面接触はそうなることも折り込んで、ロンギヌスが最も遠ざかるタイミングとポイントを狙っている。だが、間に合うか。

『…根CP…り——槍は秒速九〇㎞のまま境界面上をL字に向きを変え…最短——』

全く速度を変えないまま、向きを変えて最短コースに乗せてきた。軌道面を離れ、直線で飛んでこなかっただけまだマシだが、想定の最悪を極められそうなメッセージだ。

——毎度毎度あきれるわね。物理法則なめてンの!?


境界面に空けた穴はまだ小さく、エヴァが通り抜けられるほど大きくない。とらわれた境界面からエヴァを引きはがして、地球側に軌道を落とす手段も時間ももはやない。

だが槍の襲撃まで六〇〇秒ある。穴を広げるに十分な——

そう思った瞬間、境界面がドンと揺れてエヴァ02アレゴリカと0・0エヴァ／サンク機は境界面の上を激しく転がった。

開けた穴は遠ざかり——あっという間にふさがってしまう。

「Ｄａｍｍｉｔ！　クソッ！」

『箱根…Ｐから０・…エヴァ、何があった、そちら…軌道ベクトルが突然変わったぞ』

『境界面がッ――ッいきなり波動して…！』

　二機はずいぶん長く境界面上を滑落し、ようやく安定した。

　だが、作業はまた最初からやり直しだ。

「一体何なの!?」

『ひょっとしたら、向きを変えた槍の影響で、境界面全体が動いたのかも』

「冗談じゃない、聞いてないわよそんなの!」

　槍到達までの時間をあっという間に消化し掛けている。このままでは――

「サンク、軌道変更するわよ、ナビゲーションを同期!」

『同期確認よし、どうするの?』

「槍の新しい軌道の正延長方向にこちらも軌道を変えて、作業限界まで加速する、追い付かれるまでの時間を稼ぐの!」

『月の公転面から40度もズレる!』

「かまわない! そんな事は外に出てから考えればいいのよ」


　いまアスカ達は、ロンギヌス境界面の一座標に停止して穴を開けているのではない。軌道速度+αで遠心力も利用して、境界面の内側を滑りながら開削しているのだ。

　アスカ達は本来この方法で、ロンギヌスが迫った瞬間、境界面上で軌道を変えて避けるプランも持っていた。が、今のロンギヌスの軌道変更能力からそれは無理と知れた。

　直前で避けても、速度も変えず折れ曲がり、あの槍は向かってくるだろう。

「距離を」といいかけてサンクは口をつぐむ。

二機が境界面上でただちに距離を離すことで、どちらかに時間的余裕を増やす考えだ。

だが、それではつぎ込めるATフィールドも一人分となり開削に時間を食ってしまう。

「エヴァ02、こちらの外装型^{2}S機関の緊急出力を使います」

0・0エヴァは全機、旧本部戦後に解体した量産型エヴァの^{2}S機関を後背ユニットとして外装している。

「——よし、おねがい」アスカは仮想ディスプレイの向こう、ATフィールドを乗せたプログナイフを突き立てる境界面に、再び意識を集中する。

0・0エヴァは左腕でアスカ機の肩を押すような形で、後方へ向かってメインのフィールドステッピングブースターを全力推進に展開した。同時に右腕側、巨大なガンマ線レーザー砲の先端にコンパクトにまとめたフィールドで、アスカが開いた小さな境界面の穴をこじ開け広げにかかる。

『始めます』

サンクが言うと、外装型^{2}S機関が急激に上げていくパワーの振動をアスカも背中に感じた。0・0エヴァのFSBで、グッと境界面に押しつけられる弐号機のプログナイフ。

「!」

弐号機の腕の方が先にどうにかなってしまいそうな強大な荷重が、フィードバックでアスカにも伝わる。轟く振動、胸郭構造がメリメリと震えるのが聞こえる。

「クッ！」だが彼女は無理だとは言わない。

そのアスカ渾身のナイフが開いた穴へ、0・0エヴァのレーザー砲先端が潜った瞬間、サンクは砲身を軸に周囲にATフィールドを展開した。

「いける……！」

同時に異変を感じたのもその時だ。外装型S^2機関のパワー上昇が止まらないのだ。

エヴァの内部にそうなる要因はない、境界面が何か影響しているのか？

S^2機関は、かつての初号機が使徒ゼルエルから捕食するまでは回収できた前例はない。それが壊れて使徒が死亡すれば大爆発。そう至らずとも、使徒が死んだ時点から内部のS^2機関は急速に崩壊が始まるのが常だからだ。

0・0エヴァの外装型S^2機関は、量産型の屍体から剥ぎ取る際、〝体が生きていると誤認させる〟ため、活性処置を施しながら脊椎ごと切り取られたモノだ。

ゆえの外装型。

――パージするか!?　だが切り離せば0・0エヴァ／サンク機は数分後にはパワーを失い、月への旅どころか地球への帰還も危うくなる。

脱出に関しては、最後の手が一つあると言えばある。

エヴァを境界面に残し、エントリープラグの離脱推進器だけで離脱するのだ。

でもそうしたら弐号機は――

――ガリンッ！

サンクのすぐ頭上からメリメリと複合装甲の激しい破壊音。

「!?」後方カメラに視界を切り替えた時、思いもよらないモノがそこに映っていた。

プラグカバーをくわえる量産型エヴァの頭部。

外装型S^2機関の脊椎部から生えたような、かつての量産型エヴァの頭部が、0・0エヴァのエントリープラグ外装カバーに牙を立て噛み砕こうとしていた。

異常に高まったS^2機関が元のボディを生み出したのか？

――プラグ脱出はもう出来ない。

「そ…」

惣流さんは――気付いていない、集中してる。

背中に量産型エヴァが現れてもブルーパターンを検出できないほど――なら一番効果の高い方法を私はとるだけ――だって私には…。

――ゴギリンッ！

「――!!」

息が出来ず声にもならない悲鳴。

背後から生えて伸びてきた腕に、０・０エヴァは首を折られた。すぐに神経フィードバックは切られたが、すさまじい激痛と共にサンクは視力を失った。

――でも意識を失わなかった…これは低確率――〝運〟というもの？

そう、運がいいわ、私！　見なくても操作系は全て解る。

「惣流さん、私が得た私はね――自分が…ないの」

加速度で運動も把握できる。

『どーゆー意味？』前方を見たまま開削を続けるアスカが聞いた。

「たぶん…〝ワタシ〟綾波が外に見せる、他者に向ける外の顔だけが切り取られた、もしくは強調されたのが私――とても、つまらないわ」

『――よく解らないけど…』

アスカは自分なりの答えを伝えた。

『スタートがそこでも、それが嫌ならここから変わっていけばいい、そう思うけど？』

振動で弐号機の――惣流さんの意思も感じられる。

『まあ――私も協力はするわ』

――そうか…そうね！

量産型エヴァが生えてきたS^2機関はいまにも暴走寸前で、サンクはその有り余るパワーを存分に

NERV JPN

使うことにした。

「ありがとう」

瞬間、弐号機の背後から突き出されている0・0エヴァのレーザーバレルから、すさまじいATフィールド。境界面を吹き払うように一瞬の大穴を開けた。


弐号機／エヴァ02アレゴリカは、ものすごい力で境界面の外にはじき出された。

「すごいわサンク！」

だが飛ばされながら振り返ったアスカが見たのは、量産型エヴァに背後から絡みつかれた0・0エヴァ。その量産型が悪魔のように0・0エヴァを境界面の向こうに引き戻し、巨大な十字の閃光で爆発する瞬間だった。

かつて使徒を倒すたび何度も見た、その荘厳で不気味な光の柱。

「――サ…」声を掛けるより早く、巨大な閃光の十字は、それが消散するより先に、その根元を駆け抜ける光の帯に刈られた。

ロンギヌスの槍。目もくらむ長大な光のリボン。現在の長さ三二〇〇〇㎞のまばゆい帯が秒速九〇㎞で駆け抜けた。

「こんなの――」

十字光は大樹が倒れるように傾きながら爆散。

「こんなのうれしくないわよ！――サンク‼」

気が付いたとき槍はその速度のまま、すでに彼方で弧を描き、境界面にあけた穴は何事もなかったように閉じていた。

「…ｄａｍｎ、ｄａｍｎ！　ゥわあああああ――ッ‼」

戻る道はすでにない、進むしかなかった。

やりきれない気持ちでアスカは月を見る。

「なんて無慈悲なの――」

その月はなんだか大きく見えた。

■鏡
発令所は０・０エヴァ／サンク機が、十字光位相爆発する瞬間を見た。

境界面に広がった波紋が地球からでも観測できた。

だが、そこから先はアスカが見たビジョンとは違っていたのだ。

彼女が月側に抜けた瞬間、ロンギヌス境界面はその性質を劇的に変えた。

――月が見えなくなった。

月に面する側がとうとう可視光すら跳ね返し、不可視化されたのだ。

境界面月側は、ものの数秒で鏡面化。巨大な凹レンズと化したその場所には、月が見える代わりに地球が大きく映り込んだ。

まるで、ヒトよ自らをよく見よと言わんばかりに。

以降、その鏡は月と同じく二十八日で公転、月を隠し続けることとなる。

強行偵察チームからの通信やテレメーター等の情報は、サンク機の外装型S^2機関が暴走を始めたあたりから不通となっていた。

発令所からの問いかけは何も応答が得られないまま、アスカの０２アレゴリカとも連絡は付かず、その間に０・０エヴァは暴走しロンギヌスに轢かれた。

サンクが軌道上で消える直前、箱根にいたレイ№トロワは、№サンクから彼女のすべてを受け取った。

彼女の最期の瞬間、精神ミラーリンクが繋がったのだ。

最初に自我を得たとき、混乱する自分から逃げ出したこと。

〝ワタシ〟の外からトロワとシスを見ることが出来たこと。

学校で声を掛けてくれた男の子のこと。

「——!?」

背後から首を折られた激痛、失われた視覚にトロワはまっすぐ立てなくなった。

なのに、生まれてきたわけすらいま解ったとでもいうような甲斐のある、値する感覚は何？　そこにないはずの光をサンクは見ていた。

それは圧縮された記憶、リンクは一瞬ですぐに途切れた。

サンクの〝すべて〟はそれで伝わるほどひどく短い。

だが、その短い何かに圧倒されてトロワは、比べて自分が解らなくなった。

「エヴァ02は——アスカは生きてます、境界面を越えて月へ…」

それだけ言うと座り込んでしまった。

■北の地にて
鏡面化した一部境界面は、月を隠したに留まらなかった。

地球を大きく映し込むその凹面鏡は、場所によっては背後の太陽

を反射して夜を昼にし、凹面収束された日光が地表を帯状に干ばつ化、野火が至る所で上がった。

人々が気付いた時には世界から鳥が消え、各地で昆虫が異常な大発生、穀倉地帯も森林も被害を受け始め、干ばつ化が被害に拍車を掛ける。

徐々に地球はリズムが狂い始める。


スーパーエヴァとシンジは、関東湾沖を通るロシアの浮きドック船で海路を北上、北海道の苫小牧港に入るはずだった。

例のペナルティだ。

今回与えられた災害派遣、役に立つか疑問だが、国連派遣の作戦参謀が言った通りポーズを見せておくことが重要なのだろう。

通信ブリーフィングでは、苫小牧に入ったスーパーエヴァは、港を塞いで沈んだ船舶の撤去、無人が確認されている狭い地区に限って、液状化で傾いた建物の解体等の任務が割り振られた。何しろ歩行振動だけでも二次被害を出しかねない。

正直エヴァは創造的活動には向かない、大きすぎる～移動するだけでも何かの破壊が前提だ。だからそのくらいがせいぜいとシンジも思った。

その後、異常な高波で航路を外れ、襟裳岬の西に行くはずが、東に浮きドック船が流されたあたりまでは覚えている。

——そのあと、何があったんだっけ？

通信でミサトはなんと言ったか。

『シンジ君、サンクは——』

そうだ。綾波——No.サンクとアスカが行方不明の知らせを聞いて——

『サンクは死んだかも知れない』

ディスプレイの向こうのミサトはそう言って目を伏せた。

スーパーエヴァは装甲から湯気をたなびかせ、冷えた風の中で後ろを振り返る。

そうだ、めちゃくちゃに走ったのだ。

身近な死の知らせに激しく動揺した時、もう自分の中のどこまでが自分なのかSエヴァなのか解らなくなった。気付けば体が動いてしまい船から海へと飛び降りていた。

方向も定まらず闇雲に上陸して——

ナビゲーションのログによれば、釧路原野を突っ切って広い台地に達している。

ぞっとした。

――ズウンッ……！　と心臓が躍る。

古くに付いた地名こそ原野、いま農地牧草地が数十km四方に広がる場所だが、人口密集地も点在する。

ヒトを潰してはいないか、建物を踏んではいないだろうか。

エヴァと同一存在になった弱みが出た。

元々パイロットのメンタルに引きずられやすいエヴァは、その一点だけでもとても兵器とは呼べない。

それがエヴァとパイロットがよりダイレクトなものになった今、切り離して、あるいは制限してやり過ごすことも出来なくなった。

これでは、ただ感情にまかせて暴れ出す台風クラスの災厄だ。

こんな事にならないように、体のコントロールを覚えたんじゃないのか。

「――何をやってるんだボクは……！」

あちこちに散見できる先の震災の爪痕も、もう自分がやったように見えてきた。

意識して感覚器の感度を上げる。

民家の灯や人影は見えない。みんなどこかへ避難したのだろうか。

地図では近くに――地方空港…戦自の駐屯地があったはず…。

見渡す限り動くもののない世界。

箱根を離れるにあたり、シンジは派遣中エヴァから決して降りるなと言われている。

好都合だ、外を肉眼で見るのはいま怖い。

だが視線を巡らせ、台地から遙か北東の水平線を見た時だ。

「う…あ」

光景に戦慄した。

──ズウンッ…！　心臓が跳ねた。

台地の向こうには海。

その海の島が点々と連なり示す先、水平線の遙か先にはカムチャッカがあるはずだ。

その空が真っ赤に燃えていた。

プレート割断震災の震源方向。

新たに生まれた裂け目、大地溝はここから遠い。箱根から北海道までの距離よりまだずっと遠い。地球の丸みの向こう側だ。だが、黒々した煙を東にたなびかせ、地の底からの赤い炎が高々と吹き上がっているのが、この北海道の東の地から見える。

どれほど巨大なのか。その赤い炎が屏風のように横にいくつも並ぶ。その幅の大地溝が口を開き、地球の内臓を一列に空へ投げ上げていた。

「あれをぜんぶ槍が……！」

ロンギヌスが空を巡り、いかなる方法か大地に強大な負荷を掛けている。

それが招いたのがこれか。

地獄というならこれがそうかも知れない。だが、いま目の前にある状況は、特別この地に限ったことでなく、世界の至る所でも起こり始めた惨事なのだ。

余震で大地がビリビリと震え、気持ちがざわつき不安を増す。

今回の派遣には、長時間滞空型の無人観測機がネルフＪＰＮから直接飛んできて苫小牧上陸時に合流、以降随伴する手はずだったが――ちらりとサブディスプレイを見た、近くにはいない。こちらの上陸点がズレたせいで信号は遠い。


『ネルフＪＰＮのスーパーエヴァ』

――ズウンッ……！　心臓が跳ねた。ハイドロスピーカーから突然の声。

呼びかけられて、シンジはエヴァの巨体と共に震え上がるほど驚いた。

『ネルフＪＰＮのスーパーエヴァ、こちらはＵＮＴ・Ｄｒｄｇ３、国連軍信仰騒乱抑止群第三旅団だ』

それは事前に入力されていた通信プロトコルで、フレンドのアイコンが灯る。だがその正しいが低くザラつく日本語は、まるで幽霊にでも呼びかけられたように響いた。

『よく来てくれたスーパーエヴァ、だがずいぶん見当違いの場所に現れたな』

思考で通信コマンドを開きかけて少し躊躇。設定を変更し相互通話ウィンドウをボイスのみで開く。

なぜそうしようと思ったか、自身にも解らない。

シンジはゴクリとLCLでのどを鳴らして答えた。

「スーパーエヴァからUNT・Drdg3、上陸点を誤りました、すみません、もう一度苫小牧港までの経路を――」

シンジの回答を遮って、国連軍側は予想外の提案を返す。

『――かまわない碇シンジ君、我々の方がそちらへ移動しよう』

「えっ…?」

――何を言ってる? 打ち合わせじゃ活動場所はこの辺りじゃない…よね。

『我々UNT・Drdg3がそこへ行く、現座標に留まりたまえ』

その言葉の意味をシンジは考える。

「合流してから移動…と言うことですか?」

『君の周りを見てみたまえ、この震災でどこも要救援地区だろう』

それはそうだが…背筋に冷たいモノが走った。

――なにかヘンだ…!

後ろからいきなり肩をつかまれたような感覚。

シンジの中で危険を知らせる何かが激しく鳴り始め、エヴァの心音も高鳴る。

——ズウンッ……！


——ズウンッ……！

すると相手は見通すように言った。

『落ち着きたまえ碇シンジ君、君がそんなにおびえるとあいつが来るぞ、いや、すでに呼んでしまってるかも知れないな、周囲を警戒しろ』

気配を感じてSエヴァは、緊張で満ちた空気を掻いて振り返る。何も——

「！」いや、現れた。

遠く燃え上がる東の空を背に、肩を揺するように台地を登りくる影が……。

その輪郭をなぞったAIがすぐさま敵性認定した、つまり見知った相手ということだ。

「エンジェルキャリヤー！」

まるであの背後、遙かな大地の裂け目から現れたように、シンジには見えた。

——なぜ……！

ズウンッ……！

《その音はあってはならない》

スーパーエヴァの鼓動をして、綾波はそう言った。

《時の羊皮紙にその鼓動を書き入れてはならない》

途端にドンッと走り出すキャリヤー、シンジは反射的に腕のレールからナイフを抜いた。

「もしかすると…」

——対処しようにも何もかもが遅すぎて、もう間に合わないんじゃないか？


水平線を埋めて噴き上がる、あの炎の惨状はどうだ。

アルマロスは告げた。《大洪水から再び舞台は再生される》

なら、アスカやサンクが守ろうとしたものは、槍が天空を回り始めた時にもう終末を迎えていて、何もかもが手遅れだったのではないか。

「スーパーエヴァ、シンジから箱根ＣＰ！」

やっと思い出したように、正確には反射行動でシンジは衛星経由で自分の家に低く呼びかけた。シンジの混乱を映したように、いくつかもつれるように閉じていた特定の通信ラインがディスプレイの上で繋がり、出ていたエラー表示が消える。

「北海道東部でエンジェルキャリヤーと会敵！」

待っていたように相手はすぐ答えた。

『――繋がった……こちら箱根CP！　なぜそんなに無人機から離れてる』日向の声だ。

『何度も呼んだぞ、状況は!?』――状況……状況だって？

高々と飛び散る軟らかな土。以前はきっと整然と美しかったであろう耕地を踏み荒らし、巨大な二つの影はあっという間に距離を詰める。

「キャリヤーⅡ型一機！　――Sエヴァの心臓が呼んだ模様！」

怪しげな国連軍が教えた言葉をそのまま繋いだ、事実と思えたからだ。どうせ今もどこからか見ているのだろう――くそッ！

「胸のセンタートリゴナスの鼓動がキャリヤーを――呼んでる！」

当然日向は疑問符で、『待て、その事実関係は確認できるのか!?　バックアップどころか携行火器もないだろう、引きずり回して戦闘に入るな！』

「もう遅いよッ……！」

もう遅い――それなのに、あの二人を送り出してしまったのだとしたら。無駄にサンクは死んで、アスカは天に生まれた鏡の向こうに、生死も解らず消えたのだとすれば！

ぐらりと傾いていくのはシンジの思考。胸が締め付けられるような閉塞感。

Sエヴァの心臓〝高次元の窓〟が、鼓動とはまた違う地響きのような音を立て始めた。

『シンジ君！』

「こんな……こんな理不尽なことってあるかぁッ!!」

シンジは激昂し、スーパーエヴァの脚が大地を蹴り飛ばす。

四千トン近いボディが、キャリヤーに向かって猛烈な加速で突進する。

——ゴオッ！　エンジェルキャリヤーが横から振り抜く杖状武器をスーパーエヴァは飛び越すと、そのまま右膝のニーストライカーでキャリヤーの頭部に膝蹴りを入れた。

——ドドンッ！

大音響だがインパクトは決まっていない。エンジェルキャリヤーのフィールドで止められたのだ。ATフィールドに似たシールドを平面でなく曲面に展開、はばまれた。

激しい火花、乗り上げるようにフィールドに接触したSエヴァは、飛び越えながら向きを変え、キャリヤーの向こう側に飛び降りる。

国連軍UNT・Drdg3が再び呼びかけてきた。

『西には下がるな、避難民が多い。やり合うならその辺りにしろ、近くに駐屯していた戦自が民間人を連れて避難した後だ』

怪しいと解っていても、そんな風に言われたら従うしかないじゃないか！

隙を突いてキャリヤーの杖が飛んだ。

「あっ！」着地ぎわの脚を杖に絡められた。大地をえぐって転倒。

追い付いてきたキャリヤーが、大地に刺さる杖を取り戻しその頭上で一回転。先端の斧のような部分がＳエヴァの心臓に飛び込む。


シンジは起きる間もなく、Ｓエヴァを転がせて避けた。

右でも左でもなくキャリヤーの懐へ――巨体の下に頭を入れる。

キャリヤーはスイングの勢いを殺せない。

Ｓエヴァが避けた地表にキャリヤーの攻撃がヒット、土砂が噴き上がる。

ゴオッと頭上を抜けていく巨体をシンジは下から突き上げるように担ぎ投げた。

「おおッ！」

その際、相手の腕をつかむ。

「量産機の屍体のくせに！　死んでるくせに心臓を欲しがるな！」

いや、だからこそ欲しがるのか？

左手のナイフは前に出したに過ぎない。担ぎ投げたキャリヤーは、重力に従い、自分の全質量を掛け、その刃の上に捕られた腕の付け根を落とした。

そこはもう強固なフィールドの内側、肉と骨が裂ける嫌な音が地表に響く。

ドッと散る血しぶき。

シンジは、ＱＲシグナムのある肩ごと、キャリヤーの左腕を切り取っていた。

「死んだ綾波にならあげられても、お前にくれてやる心臓はないよ！」

本当に？　自分の命と引き替えに？　死んでからなら何とでも……。

——ああ、うるさい、自分！

大地に背中から叩き付けられたキャリヤーは、片腕になっても立ち上がってくる。

スーパーエヴァは握ったままだったキャリヤーの腕でそれを横殴りにした。

打撃は意外にもフィールドを素通り、キャリヤーのあごを砕き、巨人は尻餅をつく。

ぶつけた腕に付いていた、肩のＱＲシグナムが粉々に飛び散った。同一個体のＱＲシグナムだったので、フィールドが働かなかったと理解できるのは後になってからだ。

ボロボロになりながら、それでもキャリヤーは杖を握った右拳を突き出す。

その拳から発生したフィールドに突き飛ばされてスーパーエヴァがよろけ、その隙に満身創痍の白い御使いは立ち上がると、杖状武器を先にして突進してきた。

その先端を、シンジは右手に持ちかえたナイフで危うく逸らせる。

ギイイイィ——ン！　貨物列車が急ブレーキをかけるような不快な大音響を立てて、杖がナイフの上を滑っていく。大質量の突進はそれでは止まらず、火花をあげて通り過ぎたそれに続いて、キャリヤーの右肩が突っ込んできた。肩には赤黒く光るＱＲシグナム、そのフィールドが作るショルダーアタックだ。

スーパーエヴァのフィールドは体の形に発生している。

相手のフィールドを左肩で真っ向受け止めた。

シンジもそこで止まるつもりはない。

「うあああ――ッ!!」Ｓエヴァは両の手で握るプログナイフを左肩口に構え――フィールドの衝突面へと満身で押し込んでいく。

激しく火花のように飛び散るのは、相手フィールド面から散る位相光。

キャリヤーのフィールドは耐えた。しかし上回ったのはシンジの怒り。

――ズウンッ…ズウンッ…！　高まる胸の鼓動。体が憤怒にまかせて熱くなる。

心臓〝高次元の窓〟からナイフの刃先に量子跳躍してくる輝く粒子。

それが次々並んでは蒸発しながら、相手フィールドをみるみる削りはじめた。

「――このッ、アスカ返せッ！　サンクを返せよォッ！」

強引に刃先をフィールドにめり込ませると、ついに残るＱＲシグナムを――

その赤黒いプレートが、ゴッと結晶片を血のようにまき散らして突き砕かれた。

エンジェルキャリヤーはそれで絶命し、Ｓエヴァは自分へと倒れてくる白い屍体を力任せに引きはがして横倒す。

『気をつけて！　まだマユの始末が終わってない！』

発令所からミサトの声が、言うが早いが飛び出したのは二本の触腕。うかつにも油断したシンジに、キャリヤーの屍体のマユから飛び出したシャムシェルの触腕が絡みつく。


そのとき上空で何かが四つ弾けた。

シンジが危うくフィールドを強化した瞬間、タングステン芯の豪雨があたりをめちゃくちゃに撃ち抜いた。鋼鉄より堅く、重い金と並ぶ比重の矢が音速で降り注ぐ。

「うッ、うわあっ！」すさまじい無数の運動エネルギー。

フィールドで遮っていてもSエヴァはひざを突いてしまい、その土砂降りが収まったとき、シャムシェルの幼生体は無残な針の山に変わっていた。

これはテクノロジー、人類側の兵器だ。「国連軍？」

助かった。そう思ったのもつかの間、攻撃はそれだけに留まらず、ようやく追い付いてきたネルフJPNの無人機が、小さな空対空ミサイルで落とされた。

「！」

それが飛んできた方向――立ち上がったスーパーエヴァは身構える。

シンジの視線と思考で、その方向を電磁波長でスィープしたはずだが、霞がかかったようにシンジは感じた。——見通せない。

　北の空に垂れ込めた厚く黒い雲。

——錯覚か？　雲の一部が渦を巻いて降りてきたのだ。

　渦が環状に広がると空に現れたのは、翼のある真っ白な巨人。

「…エヴァだ…」

　しかもその形はステージ２弐号機に非常によく似ており、おまけに四脚ではないがアレゴリックユニットの翼とよく似た羽まで腰につけている。

　形状から単純に推測を当てはめるなら、おそらく同形式のN^2炉と重力子フローターを備えているのだろう。天使のように神々しい弐号機。

「——アスカ…」

　シンジは思わず失ったその名を呼んでしまう。


　そのエヴァから声が届く。

『あの子は——アスカは生きてるわ…』

「？」

　シンジは奇妙な感覚でそれを聞いた。なんだか知った声に聞こえたのだ。

『——私にはわかるもの……』
「えっ……委員長?」
その声は彼の同級生、洞木ヒカリその人だった。
《やれやれ、流れる水でも違《たが》えないことを、ヒトはあえて間違える》
あきれたようなカヲルの声が聞こえた。
《こんなときでもヒトはヒトと戦えるんだ》

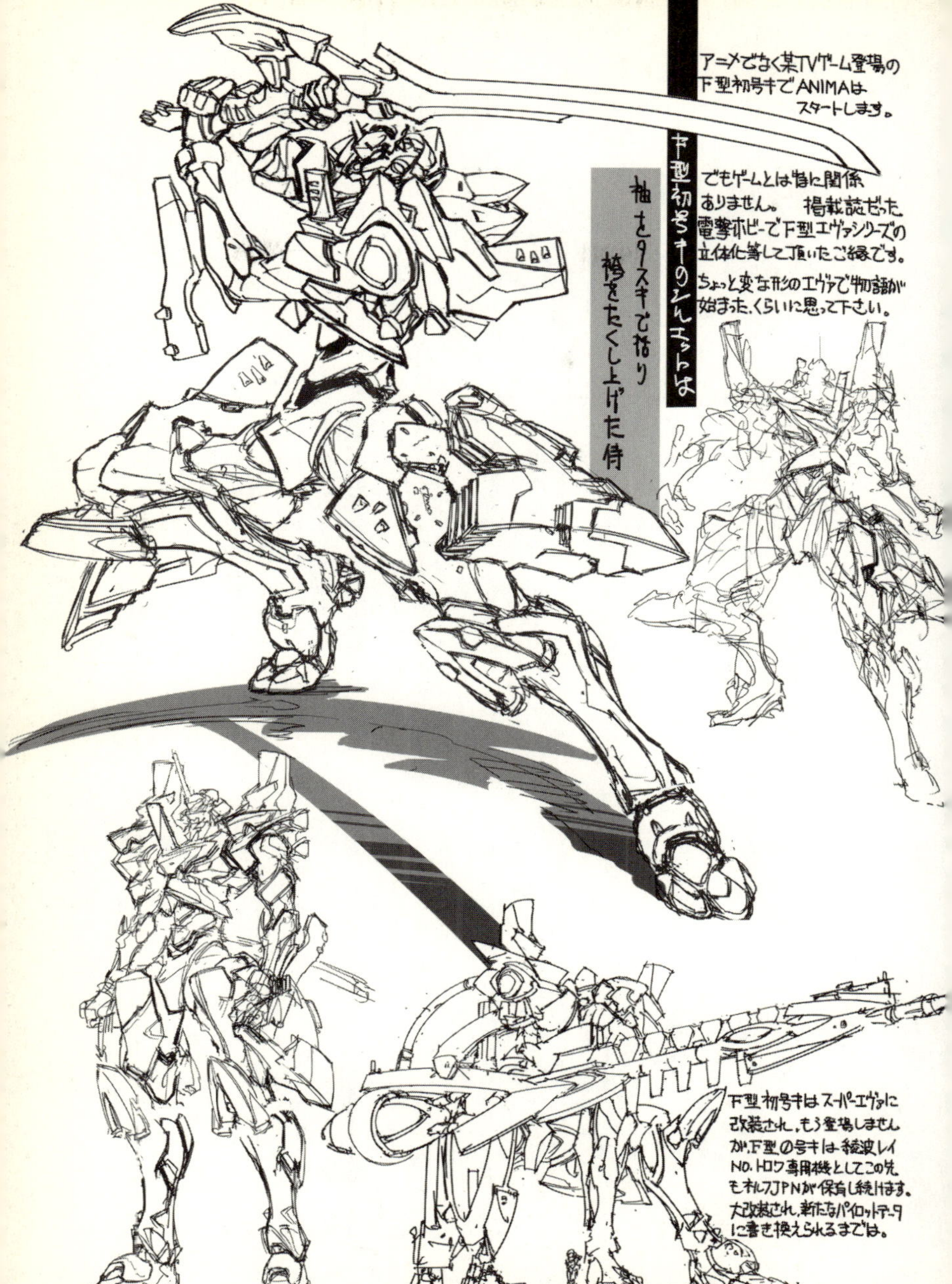

アニメでなく某TVゲーム登場のF型初号キでANIMAはスタートします。
でもゲームとは特に関係ありません。 掲載誌だった電撃ホビーでF型エヴァシリーズの立体化等して頂いたご縁です。
ちょっと変な形のエヴァで物語が始まった、くらいに思って下さい。
F型初号キのシルエットは
袖をタスキで括り
袴をたくし上げた侍
F型初号キはスーパーエヴァに改装され、もう登場しませんが、F型0号キは綾波レイNO.トロワ専用機としてこの先もネルフJPNが保有し続けます。大改装され、新たなパイロットデータに書き換えられるまでは。

スーパーエヴァへの道は

これらはスーパーエヴァのデザインに至るまでのラフです。エヴァANIMA企画当初からこの新初号機の立体化が第一目標（ホビー誌連載ならでは）形状が従来のエヴァより複雑なのは、立体化の際、スケール感喪失を補填する目論みで、物語の中では、正規に計画されたバージョンアップではなく、危険な状態を緊急回避的にゴテゴテ覆って生まれた新たなボディ。

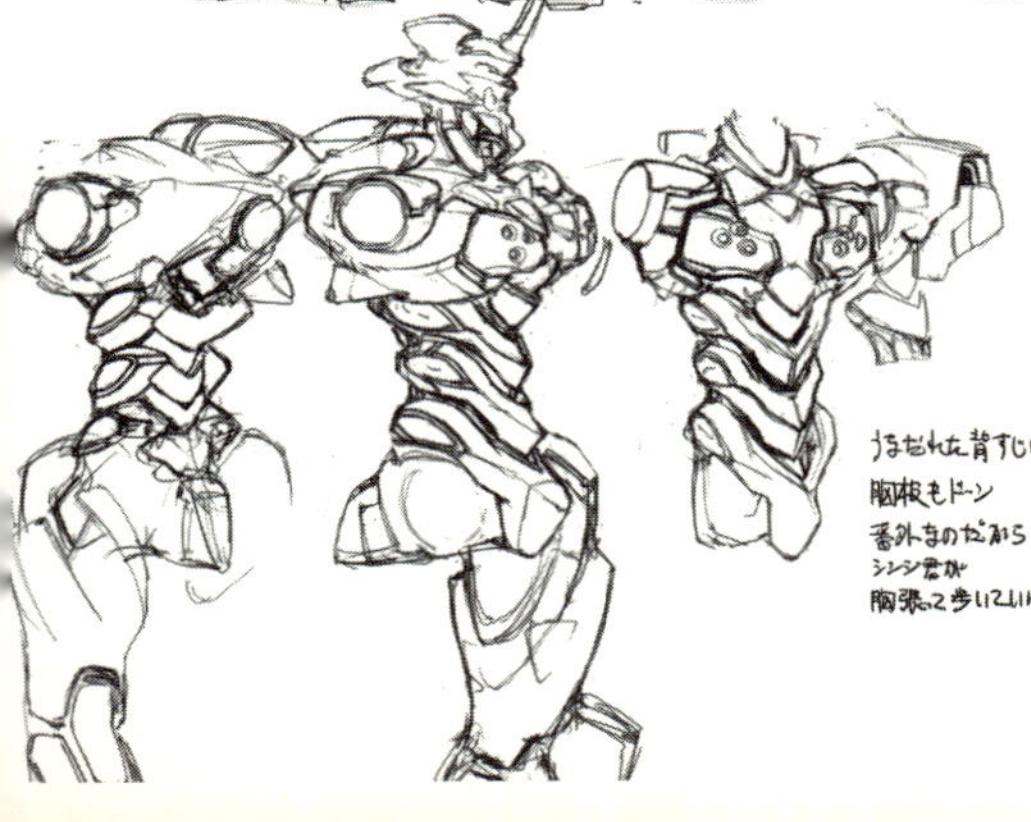

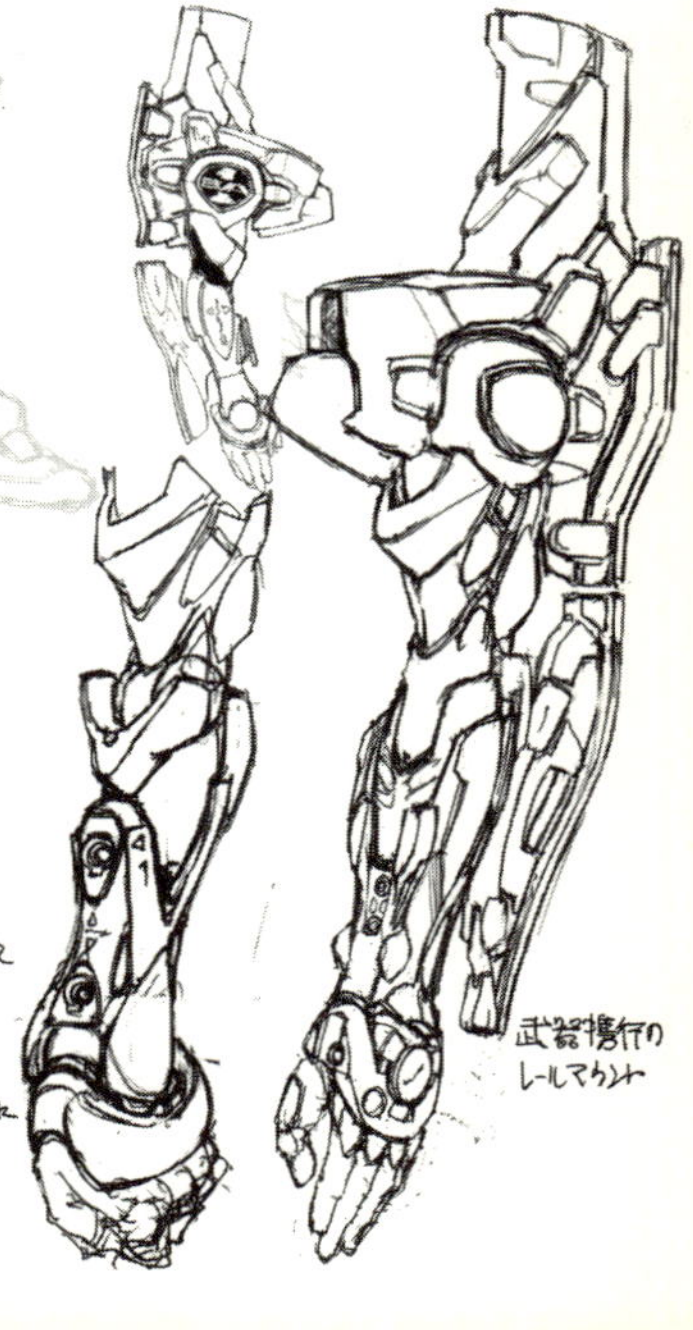

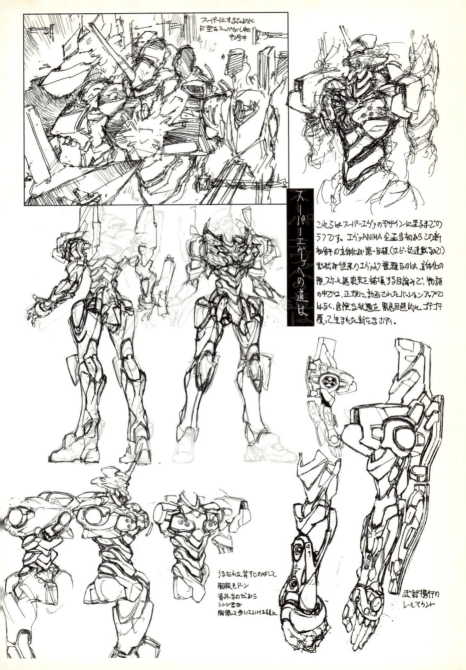

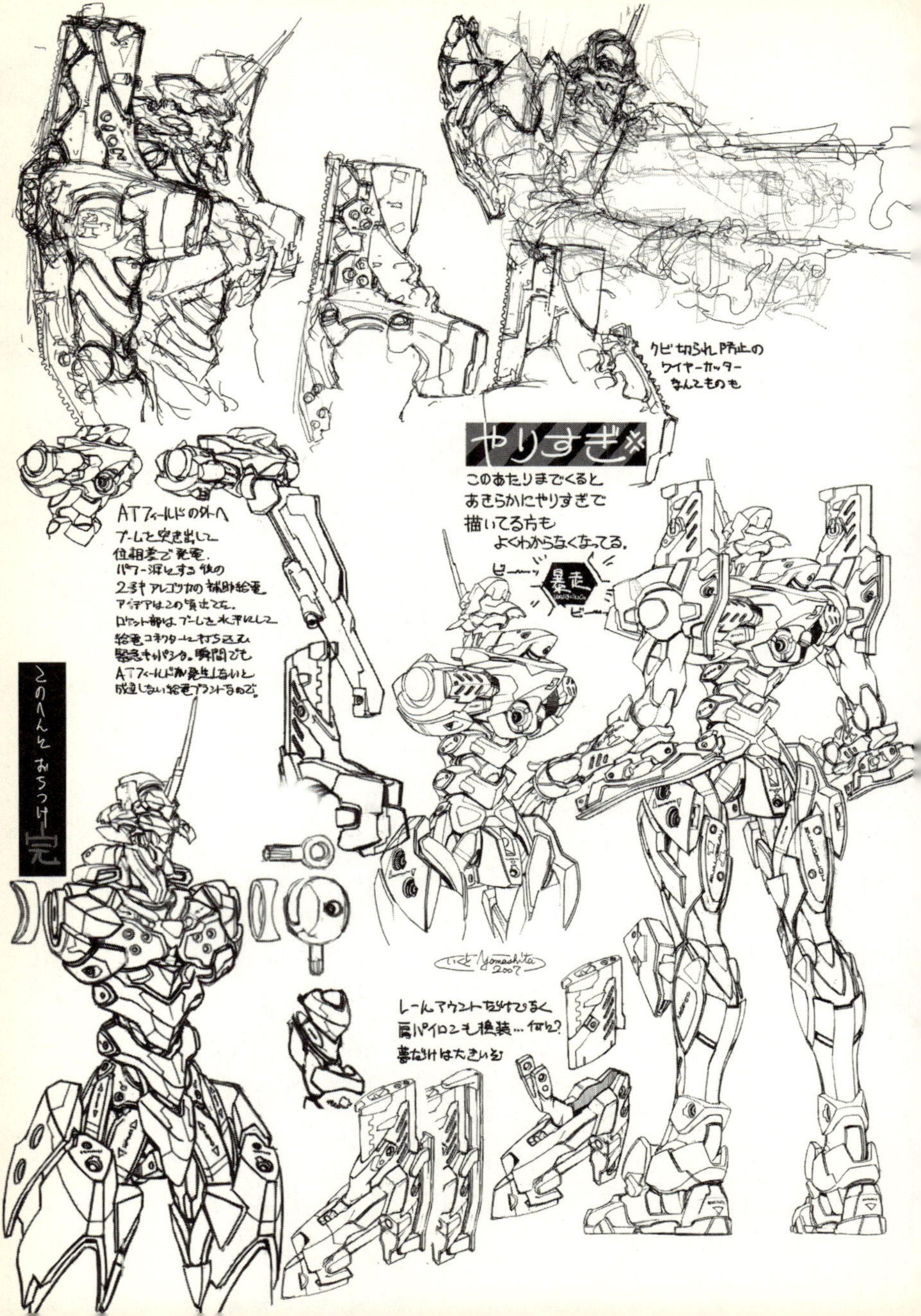
クビ切られ防止の
ワイヤーカッター
なんてものも
やりすぎ※
このあたりまでくると
あきらかにやりすぎで
描いてる方も
よくわからなくなってる。
ビーーッ
暴走
ビー
ATフィールドの外へ
ブームを突き出して
位相差で発電。
パワー源とする彼の
2号機アレゴリカの補助給電
アイデアはこの演出でた。
ロケット部はブームを水平にして
給電コネクターに打ち込む
緊急キャパシタ。瞬間でも
ATフィールドが発生しないと
成立しない給電プラントなので。
このへんを おちつけ 完
いくと Yamashita 2007
レーンアウトだけでなく
肩パイロンも換装…何と?
夢だけは大きいぞ

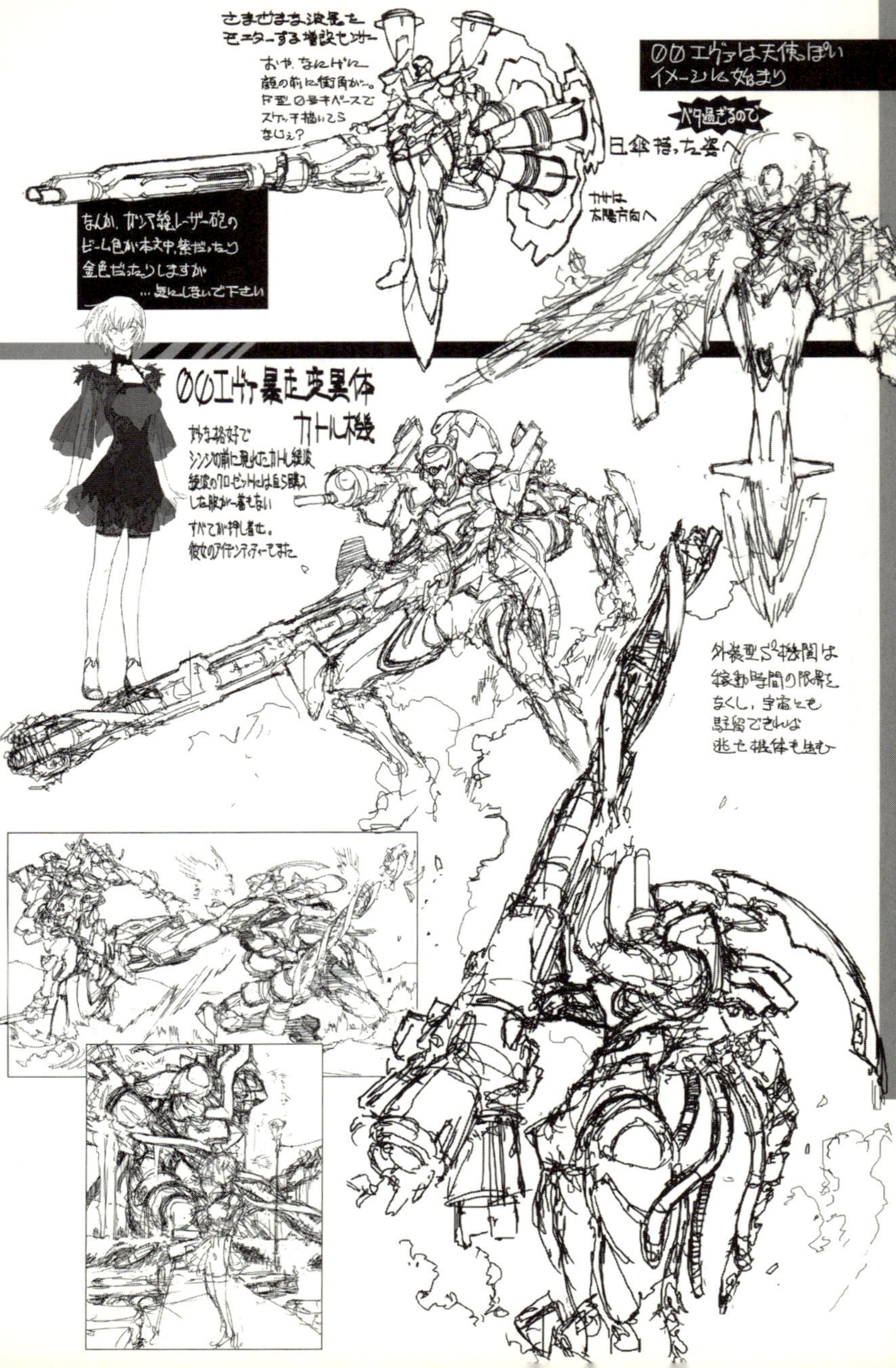
さまざまな波長を
モニターする増設センサー
おや、なにげに
顔の前に衝角が…。
ド型0号キベースで
スケッチ描いてら
ないじぇ？
なんか、ガンマ線レーザー砲の
ビーム色が本文中、紫だったり
金色だったりしますが
…気にしないで下さい
00エヴァは天使っぽい
イメージから始まり
ベタ過ぎるので
日傘持った姿へ
カサは
太陽方向へ
00エヴァ暴走変異体
カトル機
妙な格好で
シンジの前に現れたカトル綾波
綾波のクローゼットには自ら購入
した服が一着もない
すべてお仕着せ。
彼女のアイデンティティーでもまた
外装型S^2機関は
稼動時間の限界を
なくし、宇宙とも
駐留できれば
逃亡機体も生む

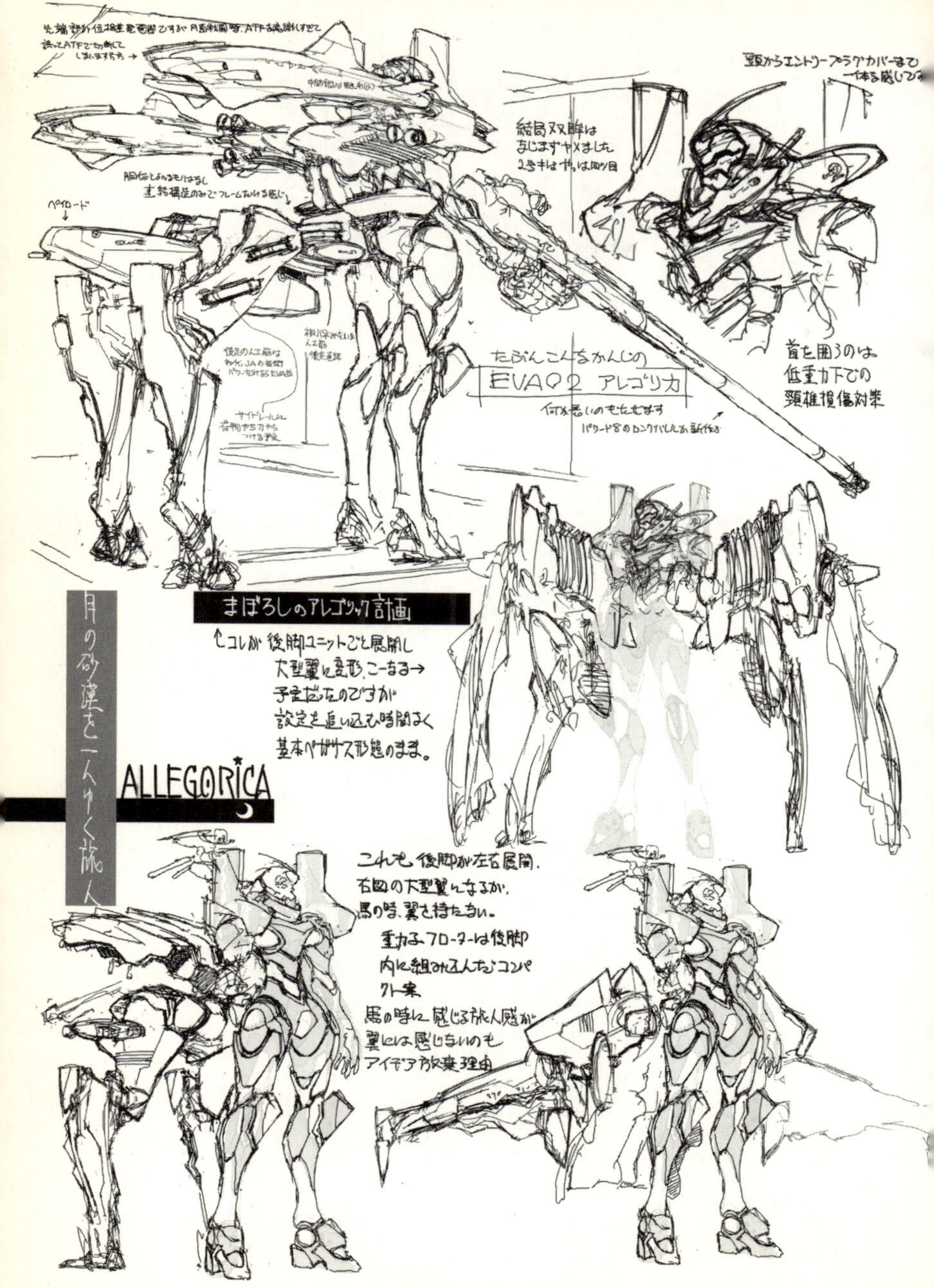

月の砂漠を一人ゆく旅人
ALLEGORICA
まぼろしのアレゴリック計画
頭からエントリープラグカバーまで一体な感じで
結局双眸はまじまずヤメました
ペイロード
たぶんこんなかんじの
EVA02 アレゴリカ
何か長いのもたせます
パワード8のロングバレルが新作か
首を囲うのは
低重力下での
頸椎損傷対策
コレが後脚ユニットごと展開し
大型翼に変形、こーなる→
予定だったのですが
設定を追い込む時間なく
基本ペガサス形態のまま。
これも後脚が左右展開、
右図の大型翼になるが、
馬の時、翼を持たない。
重力子フローターは後脚内に組み込んだコンパクト案
馬の時に感じる旅人感が
翼には感じないのも
アイデア放棄理由

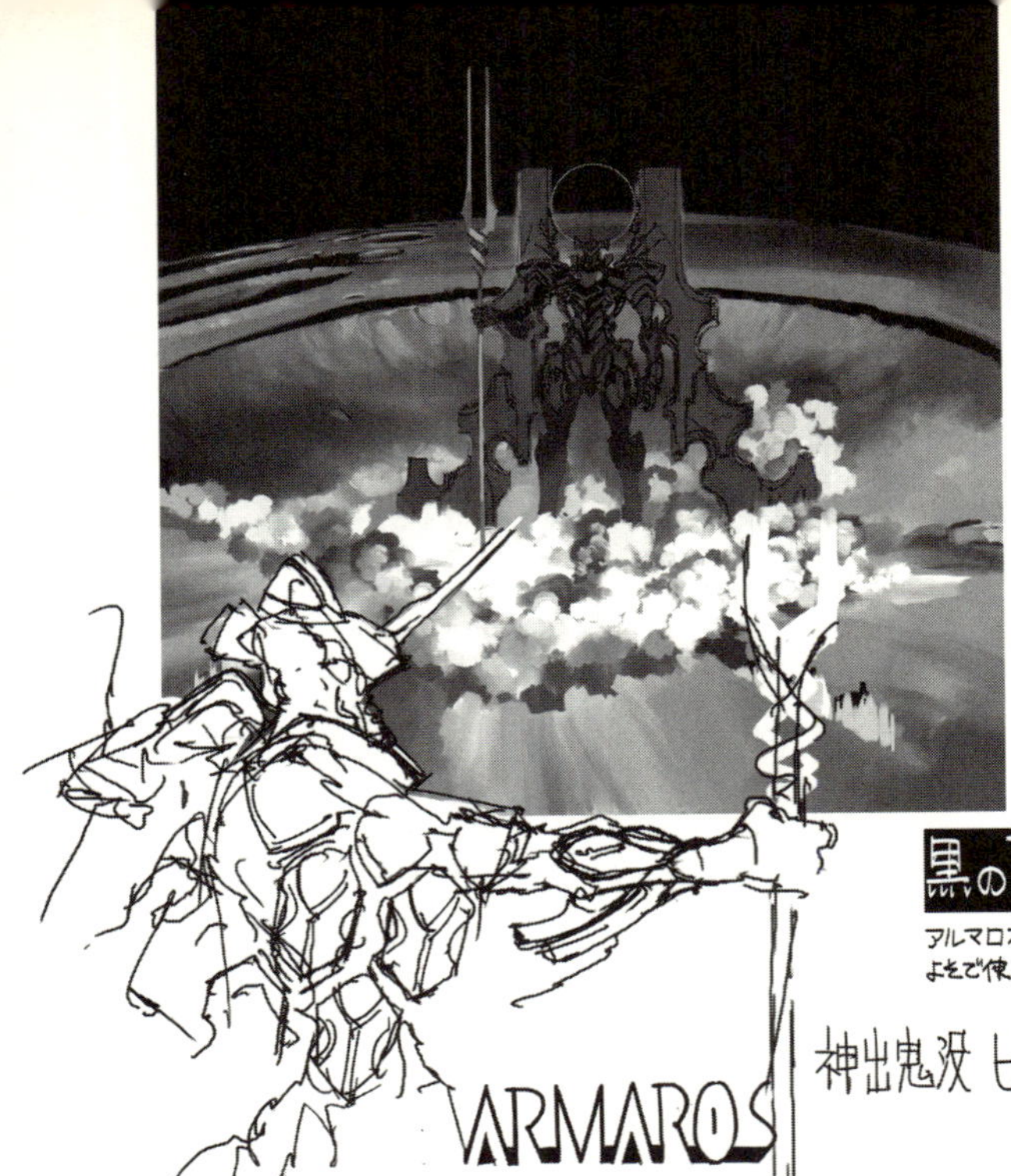

黒のアルマロス

アルマロスのアタマは劇エヴァ没設定
よそで使っていい？と庵野カントクにお伺い

神出鬼没 ヒトに退場を言いわたす巨人

ARMAROS

大地に降ろした背中の
プレートがアルマロスの
キャラクターに。それまでは
02アレゴリカより先に
四脚アイデアが。

ぶっちゃけ設定ないので出てくるたび形変わりまくり

Weapon 武器の類い

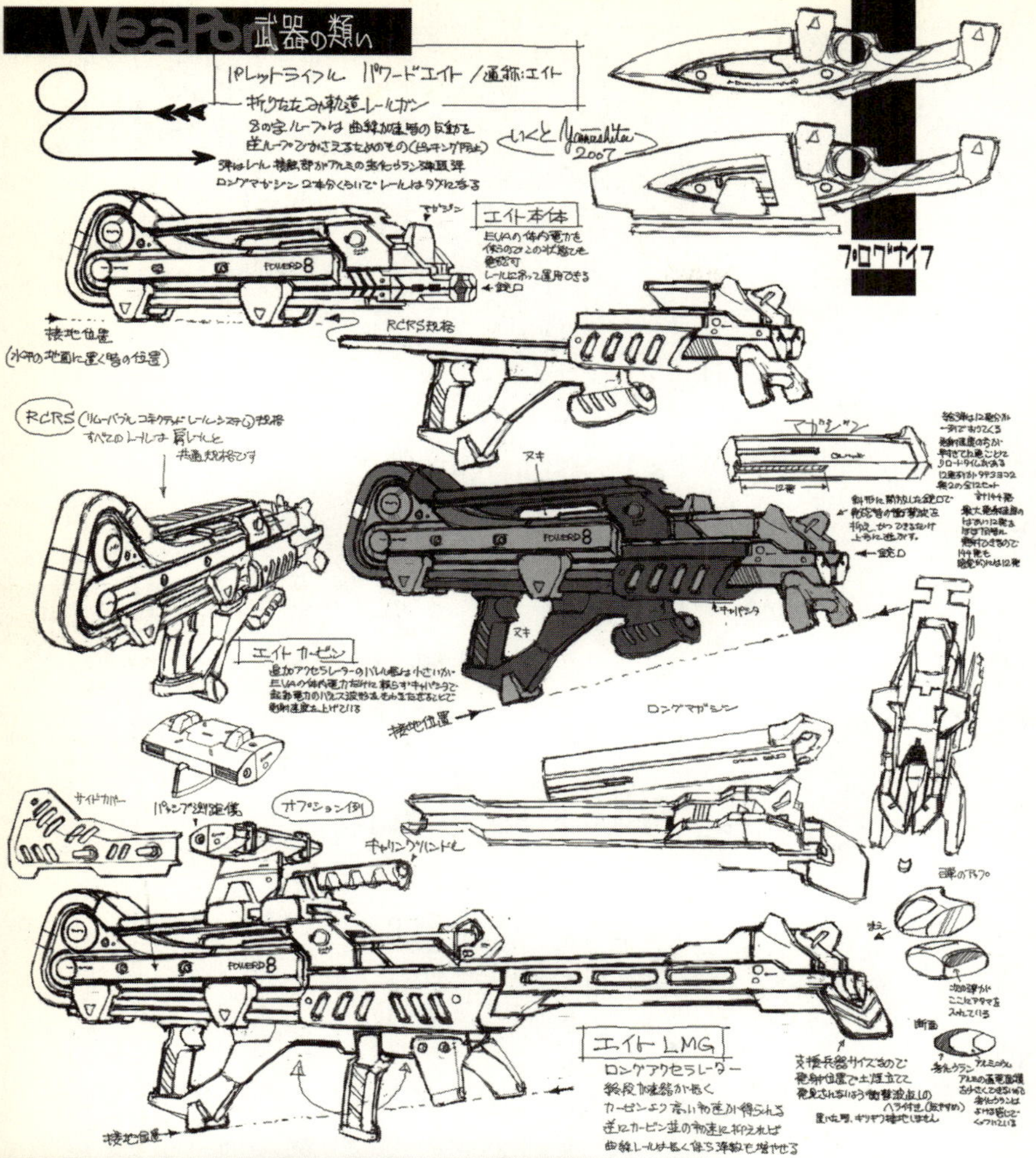

ビゼンオサフネ

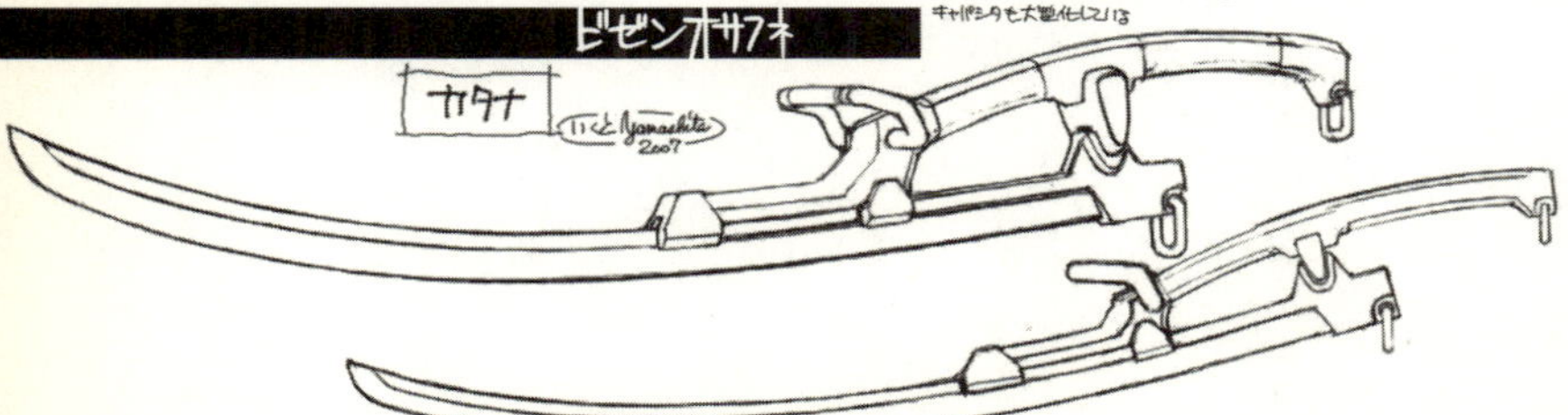

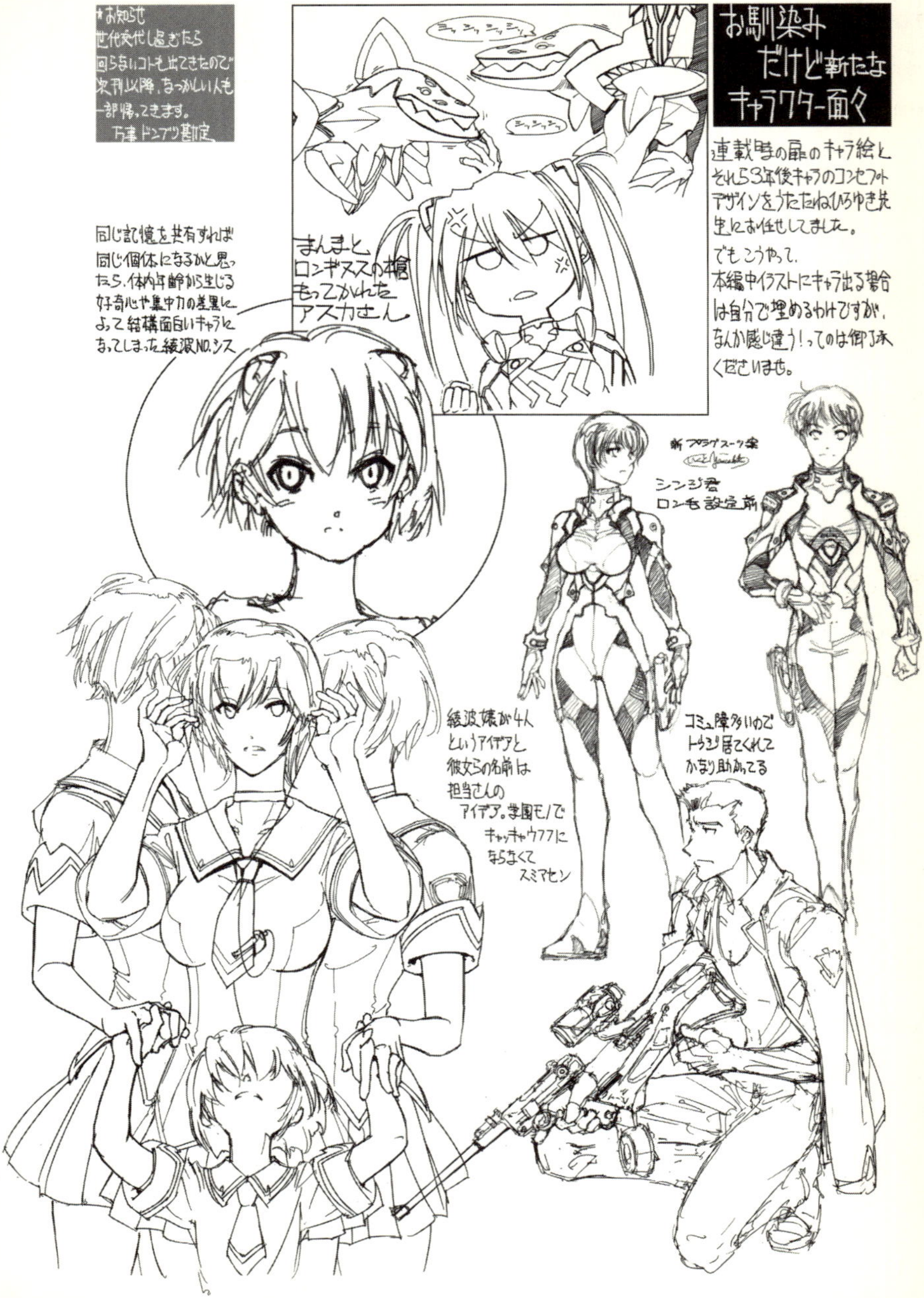

お馴染みだけど新たなキャラクター面々
連載時の扉のキャラ絵とそれら3年後キャラのコンセプトデザインをうたたねひろゆき先生にお任せしてました。
でもこうやって、本編中イラストにキャラ出る場合は自分で埋めるわけですが、なんか感じ違う！ってのは御了承くださいませ。
☆お知らせ
世代交代し過ぎたら回らないコトも出てきたので次刊以降、なつかしい人も一部帰ってきます。
下書ドンブリ勘定
ミッシッシッシッ
ミッシッシッ
まんまとロンギヌスの槍もってかれたアスカさん
同じ記憶を共有すれば同じ個体になるかと思ったら、体内年齢から生じる好奇心や集中力の差異によって結構面白いキャラとなってしまった綾波NO.シス
新プラグスーツ案
シンジ君ロン毛設定前
綾波嬢が4人というアイデアと彼女らの名前は担当さんのアイデア。学園モノでキャッキャウフフにならなくてスミマセン
コミュ障多いのでトウジ居てくれてかなり助かってる

ゲストメカ

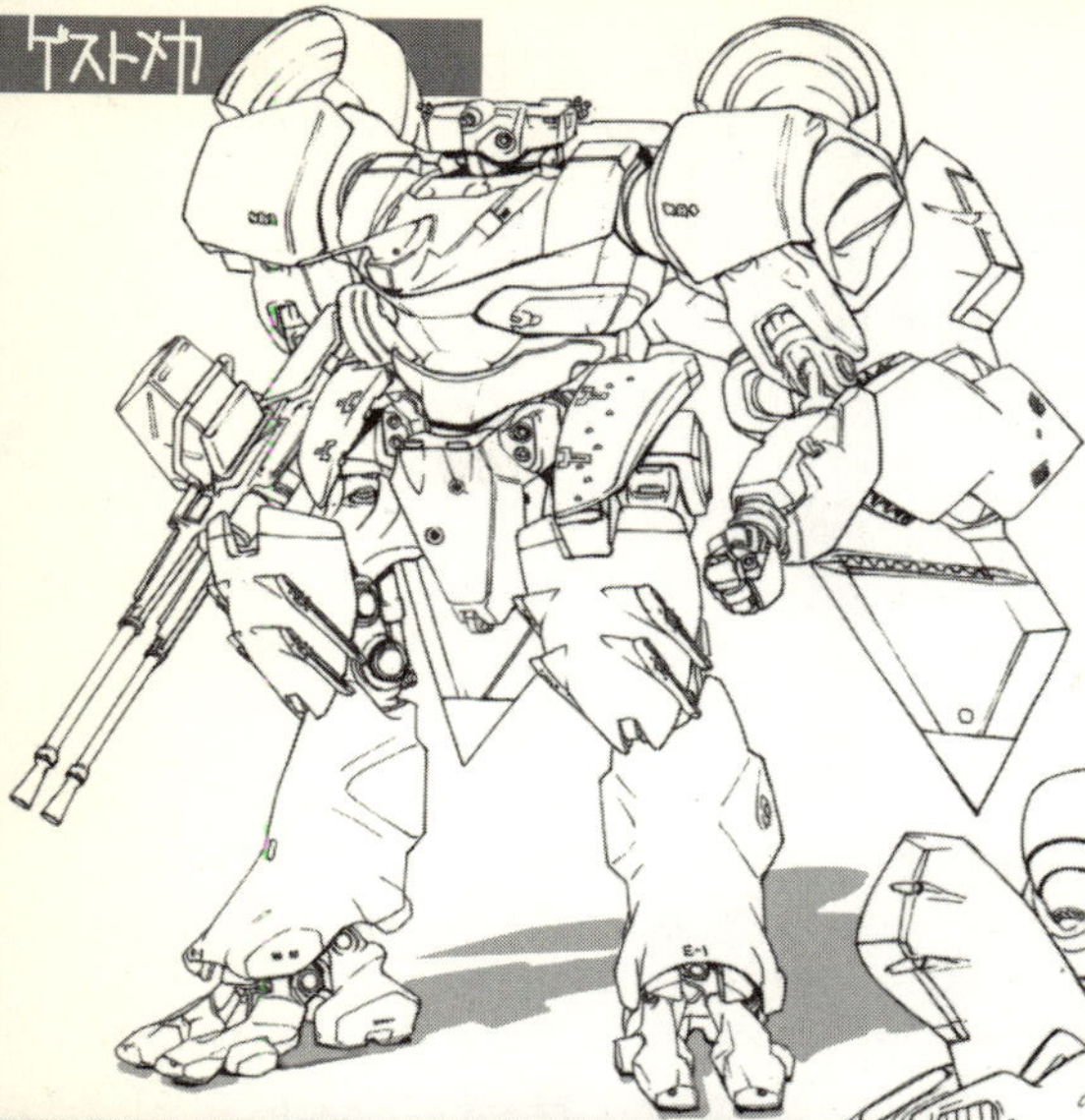

パワープラントに、ネルフが基幹技術を握り、政治カードに切るN^2リアクターを搭載。乗員3名

激烈な反応で燃えないものでも燃やしてしまうフッ素化型火薬スマート弾を連射できるあかしま専用機関砲。

腕も体躯も武器の搬送、指向、発射にとどまらず、不整地での低重心機動、使徒級個体との格闘戦負荷に耐え、攻勢に転じられるだけのデータ上のスペックを持つ。

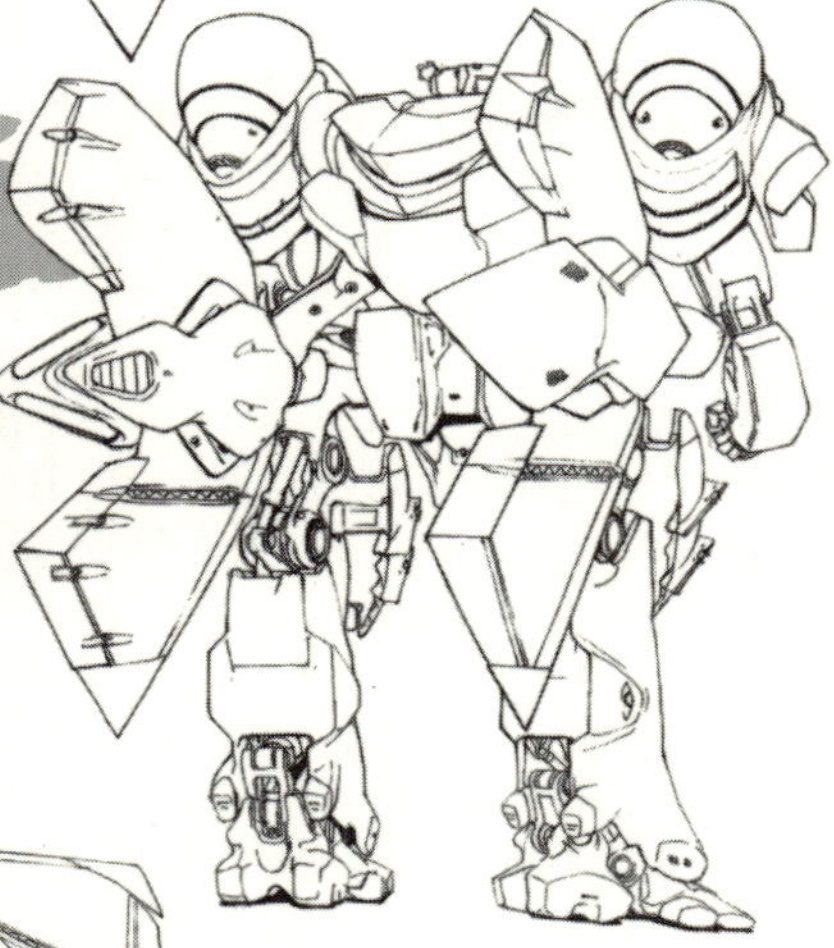

戦略自衛隊 大型脅威個体 専従機動兵器 颱 あかしま

歩行のみならず、グランドエフェクトで飛行。単体で高速移動が可能な全領域機動兵器。

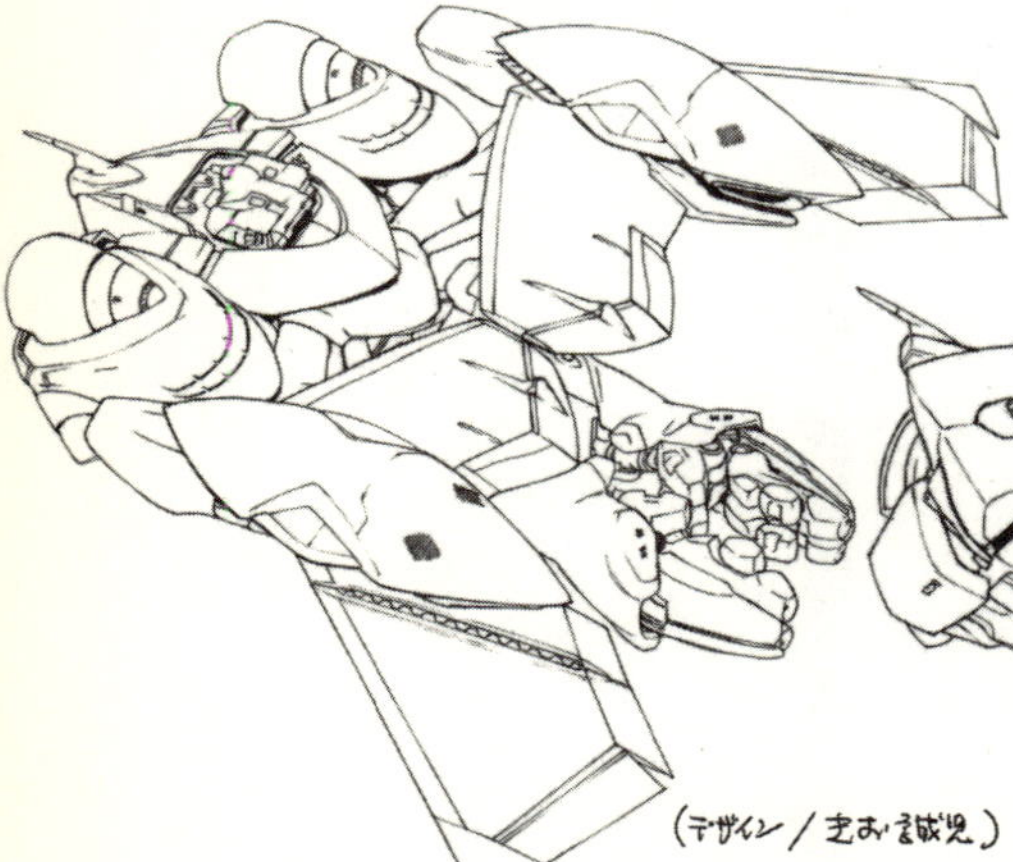

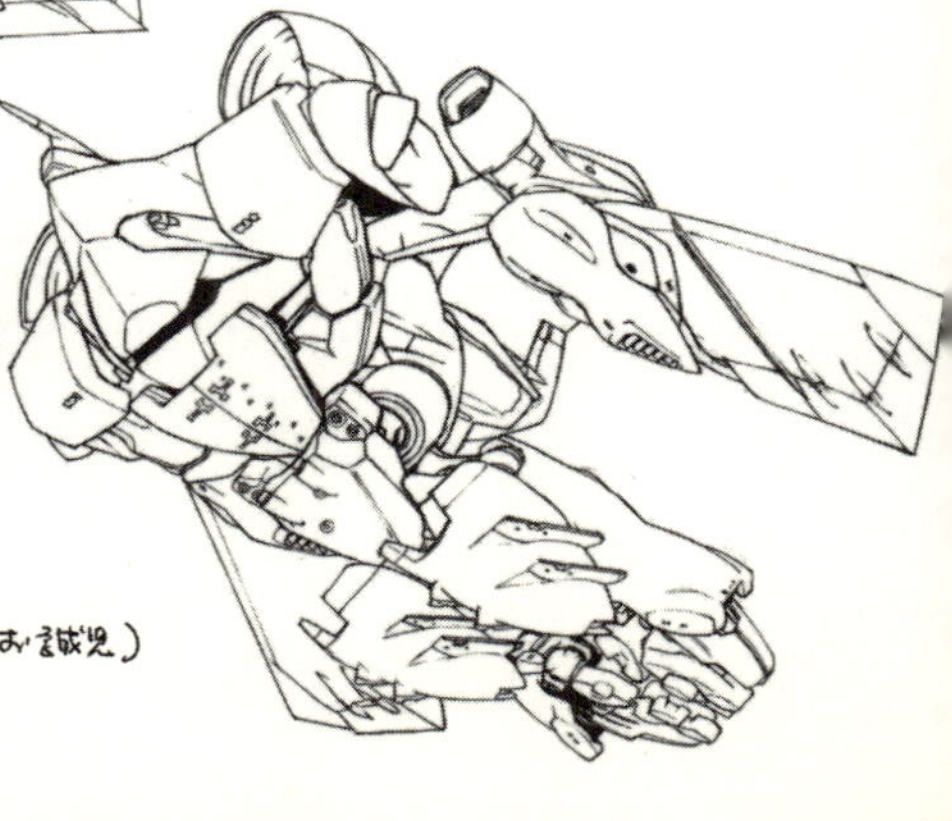

(デザイン/きお誠児)

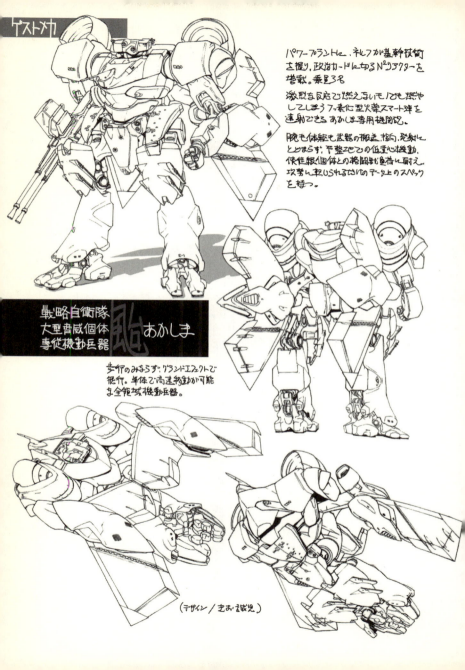

POSTSCRIPT

なにしろ語彙が貧相なのでたびたび同じような言い回しになるのはゴメンなさい。

エヴァンゲリオンANIMAは電撃ホビーマガジン(アスキー・メディアワークス刊)誌上において二〇〇七年中頃から二〇一三年頭にかけて連載したビジュアルノベルです。エヴァ旧劇企画時、庵野監督が口にした「メインの話以外にガンダム的にサイドストーリー展開できないか」という問いかけに、じゃあやってみますか〜がこのANIMAのポジションです。

連載は小説を陰山琢磨さんに序盤をお任せし、扉絵キャラクターヴィジュアルは全編通してうたたねひろゆきさんに描いて頂き、模型誌ですから時々立体も作ってもらいました。

アイデアをモヤモヤっと考えてるだけではそれはアイデアのフリをしたモヤモヤに過ぎず、それを実働に変えた元ガイナで私の漫画担当の柏原康雄さんが事実上ANIMAの発起人(綾波いっぱい出せとかも)。で、その担当さん的には「お前は話の骨格だけ考えたら後はメカイラスト延々描いてろ」って腹だったのでしょうが、途中から私が脚本基幹のプロット越えて小説描き始めたからさあ大変。絵も描いて小説も書いてなんてしゃれたことが出来るのか。——ええと毎号大変なことになりました。


エヴァンゲリオンメカデザイナー　山下いくと

次刊へ続きますようん

DENGEKI HOBBY BOOKS

エヴァンゲリオンANIMA 1

発行　2017年11月30日

企画・執筆　山下いくと
原作　カラー
企画・編集　柏原康雄

編集協力　石黒直樹

発行者　郡司 聡

発行　株式会社KADOKAWA
〒102-8177　東京都千代田区富士見2-13-3

プロデュース　アスキー・メディアワークス
〒102-8584　東京都千代田区富士見1-8-19
電話 03-5216-8392（編集部 平日 月～金 11:00～18:00）
電話 03-3238-1854（営業）

装幀・デザイン　亀口和明

印刷・製本　凸版印刷株式会社

協力　株式会社グラウンドワークス

Printed in Japan
ISBN978-4-04-893372-8　C0076
小社ホームページ http://www.kodokawa.co.jp/

アンケートご協力のお願い

本書をお読みになってどんな感想をお持ちになりましたか？　アンケートにご協力ください。以下のURLまたは右のQRコード（携帯カメラ用）で、小社アンケートページにアクセスできます。

https://ssl.asciimw.jp/dengeki/cgi-bin/hobbybooks/

※ご記入いただいたお客様の個人情報は、当社グループ各社の商品やサービスのご案内などに利用させていただく場合がございます。また、個人情報を識別できない形で統計処理をした上で、当社グループ各社の商品企画やサービスの向上に役立てるほか、第三者に提供することがあります。